私を王子妃にしたいのなら まずは貴方たちが 淑女のお手本になってください

宇水涼麻

illust SNC

WATASHI WO OUJIHI NI SHITAINONARA MAZUHA ANATA TACHIGA
SYUKUJO NO OTEHON NI NATTEKUDASAI

CONTENTS

第一章

「どわぁ！」

王子殿下が膝をついた。

「ひぇぇぇ」

宰相子息が卒倒した。

「うっぎゃー！！！」

騎士団長子息が頭を抱えた。

それぞれがそれぞれの自室で絶叫して苦悶した。

事の発端は三ヶ月前、学園の中庭でのことである。

＊＊＊

春麗（はるうら）らかな学園の中庭で、大変美しい者たちが集っている。一人を除いて貴族らしい衣装の者たちという不思議な集まりである。

学生らしいシャツに、贅沢なほどの刺繍がほどこされたウエストコートを華麗に着こなしている青年が声をあげた。

「フェリア。すまない。私と君との婚約を考え直したい」

「すまない」と言いながら頭を下げるつもりもない青年はそれが許される立場だ。

「婚約を考え直し？　ですか？　つまり、どうなさりたいということですの？」

煮えきらない美男子の言葉にフェリアと呼ばれた美少女は小首を傾げる。

「だから……。つまり……。あれだ……」

「婚約解消ですわねっ⁉」

「あ、いや……。まあ……そうかな？」

「それで？　解消していかがなさいますの？」

フェリアと呼ばれた、イエローブロンドを靡(なび)かせ若葉色の瞳が麗しい少女が顔色も変えずに返答する。フェリアの着ているドレスは学生として相応しく、派手過ぎず清楚で、それでいて彼女の美しさを充分に引き立てていた。スカートが貴族らしく膨らんでいるプリンセスラインのドレスだ。

それにしても、婚約解消の理由ではなく、その後のことを質問している。

「えっと……そうだ！　私は真実の愛を見つけてしまったのだ」

プラチナブロンドの髪碧眼眉目秀麗な青年が開き直って、右手の力拳を胸に当て、顔を上げて目を瞑る。完全に自分に酔っている。

だが、フェリアの質問の答えには全くなっていない。

「イードル殿下。それでは答えになっておりません。理由などお聞きしておりませんわ。見つけたから、何ですの？　こぉれぇかぁらぁ……いかがなさいますの？」

フェリアは苛立ってはいない。幼き子供をあやす様にイードルに話しかけている。イードル『殿下』と婚約しているフェリアは公爵令嬢である。

「よくぞ聞いてくれたっ！　私はここにいる男爵令嬢であるリナーテ嬢と婚約するっ！」

イードルは隣にいるミルクティー色の長い髪を三つ編みにしたヘーゼルの瞳の少女の手を握った。

リナーテはこの学園の制服を着ている。

リナーテの傍らにいる二人の青年も嬉しそうにリナーテを見ていた。二人の青年の装いも派手ではないが、見るからに高価そうな私服であった。

「お断りしますっ！」

リナーテの大きな声でその場は静まり返った。


ここバーリドア王国の王都にある貴族学園は、十六歳から十八歳までの貴族子女が通う三年制の学園である。強制入学ではないが、人脈や教養のために入学する者は多い。入寮希望者のための寮もある。

学園では、服装は自由であるが、お金のない下位貴族のために制服が用意されている。下位貴族の他、外見に拘らない高位貴族にもこの制服は重宝されている。

多くの高位貴族子息たちは戯れに制服を着ることもあるが、立場を理解している彼らは私服を着ていることが多い。服装一つであってもコンテンツであることは間違いないのだから。

この学園は九月から七月までを一年間としている。今日は春休みを終えたばかりの四月の麗らかな日。その昼休みであった。長い昼休みをのんびり過ごそうと中庭には多くの生徒がいた。

その中で繰り広げられた告白劇は、『殿下』の告白を『男爵令嬢』が断るという異様な状況で止まっている。

まさかリナーテに断られるなどと思っていなかったイードルは固まってしまった。

「リナーテ嬢。殿下の申し出をお断りするのかい？」

リナーテの脇にいた眼鏡に長い黒髪紫の瞳の少し神経質そうだが、こちらもまた眉目秀麗で高価な服を着た青年が、この場を何とかしようとリナーテに話しかけた。

「サバラル様……。当然ではないですか？　貴方様こそ正気ですか？」

リナーテに呆れたと言わんばかりの視線を向けられ、その青年サバラルはあからさまにたじろいだ。

神経質というよりは貧弱に見えるのは隣の大男にも起因する。

さらにサバラルの隣にいた大男の青年が、野太くデカい声で信じられないと言わんばかりに声を出した。

「なぜだ⁉」

青年は、大変長身で精悍な顔つきのこれまた美青年で短く揃えられた赤茶色の髪に手を当て、オレンジ色の瞳を歪ませている。

「ゼッド様……。わかっていますか？　殿下と婚約って、未来の王妃になるんですよっ⁉　私が⁇　無理無理無理無理無理無理!!」

リナーテはヘーゼルの瞳の前でブンブンと右手を振っている。

断られた理由が嫌われているからではないと考えたイードルも幾分か復活し、イードルとサバラルとゼッドは声を揃えてリナーテを説得する言葉を吐いた。

「「「リナーテ嬢ならできるっ!!」」」

「はぁ～～」

リナーテは遠慮もなく大きくため息をつき肩を落とした。

三人はリナーテに畳み掛ける。

「君の明るさで私を支えてほしい」

イードルが乞う。

「僕が貴女が目指す国にしていくよ」

未来の宰相を目指しているサバラルが優しく笑った。サバラルは公爵令息で父親は宰相を務めている。

「俺はお前を守る」

未来の騎士団長を目指しているゼッドが真面目な顔で頷く。ゼッドは侯爵令息で父親は騎士団長である。

渋った顔をしたリナーテが三人を見遣る。

「私、男爵家の娘で、学園では淑女D科なんですよ。無理に決まっているじゃないですか」

渋った顔も可愛らしいリナーテに三人はデレっとした。

「「「今からでも大丈夫だっ！」」」

イードルとサバラルとゼッドはにこやかに答えたのだが、それはつまりリナーテなら今からでも特級淑女教育を履修できると宣言したと同意である。

だが、その意見にはフェリアだけでなく、女子生徒の殆どが頬を引き攣らせた。実際に顔を引き攣らせたのは制服組であり、ドレス組は顔を扇で隠すなりポーカーフェイスを貫くなりしている。

「本気で言ってます？」

「「「もちろんっ！！！」」」

「……私は最後のチャンスをあげましたからね……」

リナーテは小さく呟いた。

「「「ん？」」」

残念ながら三人には聞こえなかった。聞こえたからといって意見を変えるとは思えないが。

「そうですかぁ……」

リナーテは暫し思案し、…………ているふりをしながら、さり気なく立ち位置を変えていく。そして、顔を上げて三人に向き合うように振り返ると、ニカッと野菊のような可愛らしい笑顔を見せた。

「わかりましたっ！　では、お三方が淑女A科の授業に三ヶ月耐えて特級淑女になってください。お三方が特級淑女になれたら、私もキチンと考えてみます」

「「「は？？？」」」

イードルとサバラルとゼッドは口を大きく開ける。

「だってっ！　私がこれから特級淑女になれるって思っているのですよね？　それなら、先にお手本を見せてくださいよ」

イードルたちは目をしばたたかせた。

「淑女D科の私にできるって思うなら、紳士A科のお三方なら『かぁんたんっ！』ですよ」

笑顔満点のリナーテは誰もが認めるほど可愛らしい少女である。

パチンと軽快に手を打つ音がしてそちらに視線が向くと、先程イードルに『婚約解消』を持ちかけられたフェリアが笑顔で手を合わせていた。フェリアは前に出て、リナーテが少し下がり、二人は並んで立つ形になった。

「まあ！　それは素晴らしいお考えだわ！」

フェリアはイードルたちが意見をする間を与えずにリナーテに賛成した。

「おっ、おい、待てっ」

イードルはびっくりしてフェリアの方へ手を伸ばしたが、それが目に入ったはずのフェリアはサッと右隣まで来た少女に視線を移してイードルを無視する。

イードルの手が彷徨い力なく落ち、それから額に手を当てて今の話を思考しだした。

イードルにしてみれば訳がわからないし、状況把握ができない。

『そもそも男が淑女科へ行けるわけがない。それにしてもフェリアはなぜこんなにも落ち着いているのだ？　リナーテ嬢の意見に即賛成とはどういうことだ。それに何故この立ち位置⁇　なぜリナーテ嬢はそちらにいるのだ？』

イードルが難しそうな顔をしていることなどお構いなしに話は進んでいく。

「ええ。わたくしも、賛成ですわ」

フェリアの視線の先、フェリアの右隣に来た薄水色の髪に紺色の瞳、麗しいドレスを着た女子生徒が大輪の青薔薇のような笑顔で賛同した。

フェリアもその笑顔に答え向日葵のような笑顔を見せる。

「バーバラ……」

サバラルはその賛同に驚いて婚約者を見た。サバラルの婚約者バーバラは侯爵令嬢である。

「もちろん、サバラル様もご一緒ですわ」

「とても楽しみですわね」

リナーテの左隣に来たライム色の髪をポニーテールにした女子生徒が金色の瞳を三日月にする。少しばかり長身で姿勢がよく、色白の肌に金色の瞳の彼女はカラーの花によく例えられている。

「ルルーシア！　な、なにをっ！」

婚約者の言葉を否定しようとゼッドが手を前に出すが、ルルーシアはカラーの花が咲き誇るような笑顔を向けるだけで手を伸ばしたりしない。ルルーシアも侯爵令嬢であるので、素敵なドレスを着ている。

「リナーテ様は『お三方』と仰ったではありませんか」

「「「うふふふ」」」

イードルとサバラルとゼッドは婚約者たちの笑顔が恐ろしく感じられ、蒼白となっていった。

「では、早速、お着替えからしていただかなくては。お願いね」

フェリアが視線を投げれば、学園のメイドと思われる者たちがどこからともなく十名ほども出てきて、イードルたちを拉致していく。

メイドとはいえ女性たちに背中を押され、さすがのイードルも思考が停止し、先程まで考えていたことはすべて彼方への飛び去った。

三人の背中が見えなくなるとフェリアとバーバラとルルーシアはリナーテに向かい合った。

「リナーテ様。次回の淑女A科一組のお茶会には貴女もご参加いただけるようにしておきますわね」

向日葵のような優しい笑顔が花開く。

「フェリア様。ありがとうございます。光栄です」

リナーテは制服であるがぎこちないカーテシーで返すが、慣れない仕草のためフラッとよろけてしまった。

「こんなんですけど、大丈夫ですか？」

リナーテは苦笑いをした。

「ふふふ。貴女の今のお力は理解しておりますわ。それを理由に虐げるようなことはいたしませんわよ」

青薔薇のような清楚な笑顔が咲く。

「バーバラ様。ご理解いただき感謝いたします」

「そもそも虐げるような浅ましい心根は持ち合わせておりませんもの」

カラーの花のような凛々しい笑顔が輝く。

「ルルーシア様。皆様がお優しいことは存じております」

「「おほほほ」」「「うふふふ」」

リナーテも野菊のように可愛らしく笑った。

野次馬たちの一部が肩を窄めてそそくさとその場を立ち去ったのを四人は目の端に捉えるが、わざわざ指摘はしなかった。

ぐっと拳を握りしめ、それもまた可愛らしい仕草に見えるリナーテに、フェリアたちはクスクスと笑ってしまう。

「はい。あと一年半！　頑張ります！」

リナーテは心の中でホッとして気持ちを新たにする。

ルルーシアがチラリと時計を見て促した。

「そろそろお着替えのお手伝いにまいりませんと」

フェリアたちはメイドに引っ立てられた三人の男たちのいる部屋へと向かうことにする。

そして、リナーテと違い完璧なカーテシーをしてその場を後にした。

三人のカーテシーを見た女子生徒たちは感嘆のため息を漏らしていた。

＊＊＊

学園では紳士科と淑女科で男女に分けられるが、細かい所属科は自由選択である。各科は学習内容も異なるため、自分の将来に役に立つ科を選ぶ。

淑女A科に所属するのは、すでに基本的なマナーを習得している高位貴族令嬢が多い。特にマナーや社交を学ぶが、高度な教養ももちろん含まれている。

淑女B科は高官や文官を目指す科で、高度な教養の授業を主とする。元々ある程度教養があることを前提とした授業のため高位貴族令嬢が多いが、才女と言われる子爵男爵令嬢も所属している。高位貴族子女の家庭教師はこの科の卒業生が断トツ人気となっている。

淑女C科に入る生徒は高級メイドや下級貴族の妻を目指している。マナーや教養も幅広く学びながら、メイドとしての仕事も学んでいく。下級貴族の場合、妻も家庭内の仕事をする場合もあるので無駄にはならない。高級メイドとなれば貴族令息や騎士に見初められることも少なくない。

淑女D科は中級メイドや市井働きを目指しており、長子でない子爵男爵令嬢が主に所属している。最低限のマナーは学ぶが、主に家事全般を完璧にできることを目指している。

淑女A科は全員が正装に近いドレスを着用している。B科はシンプルなドレスまたは制服。C科と

D科はほぼ制服。どの科であっても茶会やダンスの授業はあるので、ドレスは持っている。

入学時に自由選択で学科を選べるので、学年ごとに各学科の人数は異なるが、淑女D科の人数が多いのは毎年のことだ。子爵家男爵家の家数を考えれば当然である。各クラス二十人程度で、淑女A科は二クラスだけだが、淑女D科は四クラスある。

紳士科もいろいろと分かれているが割愛する。

リナーテが言った「あと一年半」とは卒業までの期間であり、リナーテが在席する淑女D科では卒業試験にカーテシーが含まれているのだ。淑女A科では入学時に当然のように全員がマスターしている。

＊＊＊

着替えのために用意された一室にフェリアたちが到着すると、イードルたちはすでに下着姿になっていて、これからコルセットをされるところであった。

イードルたちをここまで連れてきた十人のメイドの他に更に十人ほどのメイドがいて着替えを手伝っている。

「では参りますよ！　せぇのっ！」

メイドが気合いとともにコルセットを締め上げる。

「ぐぇえ!!」

「痛い痛い痛い!!」

「ぐぉあああ……」

イードルたちの悲鳴が響く。

「淑女としてそのお声はダメですわ。静かに耐えてくださいませ」

フェリアがため息とともに困ったという表情を作る。

「そ……そもそも……女性のコルセットを我々が装着できるわけがないだろう……」

イードルが涙目で訴えた。ゼッドは騎士団を希望するだけあって見事に鍛えられている。イードルとサバラルもそれなりに鍛えられていて、男性らしい体である。

引き締まった筋肉ではなかなかコルセットは締められない。

「大丈夫ですよ。女性でもふくよかな方はいらっしゃいますもの。それに、巻けている時点で大丈夫ですっ。あとはメイドたちが頑張ってくださいますわっ」

バーバラの答えに青年三人は夜会でのご婦人方を思い出し、納得できる数名が頭に浮かんだ。

確かにふくよかな婦人たちをパーティーの席で見かけている。

「ま、まさか、あのご婦人方はこれをして……」

サバラルはコルセットのキツさに涙をポロリと流しながら息を一つのみ込み『これをしてもあの太さ』とは言えずに口籠る。

「そうですわ。コルセットをしないで夜会へ出る女性はおりません」

ルルーシアは大業に頷いた。ゼッドは顔を歪ませて息も絶え絶えに訴える。

「ここは夜会では……ないではないか……」

「淑女A科では毎日のコルセット着用は必須ですわよ。コルセットに慣れることもお勉強の一つですもの」

フェリアがそう言うと、フェリアとルルーシアとバーバラが自分たちのウエストに手を置いて妖艶に微笑んだ。確かに尋常でないほど細い。

「今日のところはこのくらいですかね？　毎日少しずつでないと締まりませんね」

メイドたちはため息混じりに仕方なく今の状態でリボンをすることにした。

「毎日……嘘であろう……」

「ヤダ……」

「っ……」

イードルたちが呆然としていることを無視してメイドたちは着替えを進める。

「はい！　手をお挙げください」

呆然としている三人は言われた通りに腕を上げた。椅子に立ったメイドが上からパニエを被せる。おしりを少し隠すほどの長さのパニエであった。

一枚目はされるがままの三人も三枚目になればさすがに声を上げた。

「パニエを何枚着させる気だっ！」

「みなさんはウエストがお太いですので三枚ですね。お嬢様方はおそらく五枚ほどか、五枚分のフリルをつけたものを着用なさっておりますよ」

フェリアとルルーシアとバーバラは笑顔で首肯する。

「暑いよ……」

サバラルがパニエをパタパタさせる。

「サバラル様。たかだか三枚で……はしたないですわ」

バーバラが眉を寄せた。

「これは学園用のパニエなので短いのですわ。本来膝下までありますのよ。そうなればこの程度の暑さでは済みませんわ」

バーバラの説明にゼッドが驚いている。だが、ゼッドにとっては夏の甲冑よりは耐えられるもののようだ。

「はい！　では、もう一度手をお挙げください」

メイドたちにドレスを上から被せられた。

「重い……」

「イードル殿下。これは春先用なので軽いものですよ。冬用を着てみますか？」

イードルはフェリアにフルフルと首を振った。

ドレスの後紐を結ばれる。

「グッ！」

「ハッ‼」

「……」

先程フェリアに悲鳴を注意されたのでなんとか堪える。

「本日のところはお化粧はいたしません。明日からは準備しておきます」

「よろしくお願いしますね」

メイドのリーダーらしき者とフェリアが相談している。

「お履物はこちらに」

三人の前にどデカいハイヒールが並べられた。それはどデカくはあるが光沢のある布地に繊細な刺繍と装飾が施され、いかにも手仕事職人の力作といった雰囲気を醸し出していた。

「これは流石に特注ですわ」

ルルーシアが嬉しそうに教える。

「は？　特注？」

イードルとサバラルとゼッドは不思議に思った。

メイドたちに促されて靴を履くが、バランスを崩してメイドたちに支えられた。

「あっ！　あぶなっ！」

「フラフラするよ……」

「これでは歩けん！」

三人はメイドに支えられてもフラフラしていた。

「皆様のお履物はヒールが三センチですのよ。しっかりしてくださいませ」

フェリアが失笑ながら説明した。

「本来殿方にお見せするものではありませんが仕方ありませんね」

バーバラの言葉でフェリアとバーバラとルルーシアが横に並んで右足を前に出した。メイドが靴が見える分だけスカートを捲る。

「「「……っ!!」」」

いつもは長いスカートに隠れて見えない部分が晒されて、男三人は頬を染めて絶句した。

頬を染めるイードルたちを見たメイドたちはサッとスカートを元に戻した。

制服組のスカートは七分丈が黒のタイツや膝までの靴下またはブーツを履くことが義務づけられているし、メイド服も平民服もスカートは長い。

ほっそりとした生足首は少年とも青年とも言える彼らには眩しいものだった。

『この高さのヒールに驚かれているようですわね』

フェリアたちもまた少女とも女性とも言える年齢であり、まだ男の性を詳しくは知らず、イードルたちが邪な気持ちを抱いていることに思いもよらないでいる。

「わたくしたちのヒールの高さは七センチですわ」

バーバラに合わせて妖艶な笑みが並ぶ。

「外での茶会でしたら太いヒールですけれど、室内茶会でしたらもっと細いヒールですわね」

イードルたちの靴はどうみても極太ヒールで安定感がありそうだが、フェリアたちのヒールは細かった。

「ダンスで翻った時にお履物を見られているのですわ。三センチのヒールでは恥をかきますわね」

フェリアたちはクスクスと笑いながら話している。

「いやいや、足を見るなどマナー違反だろう?」

イードルはしどろもどろだ。自分たちから覗いたわけではないがマナー違反をした自覚はある。そしてその背徳感がさらなる邪な気持ちを呼ぶ。

「イードル殿下。それは紳士のマナーですわよね？　女性たちは足元を見ております。無様なものは履けませんし、無様なステップもできませんわ」

「夜会ではパートナーに合わせてもっと高いものを履きますわ。わたくしは普段は十二センチのヒールですわね」

ルルーシアはフェリアとバーバラより頭半分ほど背が高い。しかし、ゼッドはイードルとサバラルより頭一つ背が高い。

「『ゼッド様は高身長ですものねぇ』」

「お二人もでしょう？」

「わたくしは十センチのヒールですわ」

「わたくしもですわ」

フェリアたちの会話にイードルたちはあ然とする。それぞれの婚約者たちとのダンスは何度もしているが、まさかこんなヒールのすごいものを履いて踊っていたことは知らなかった。

六人の話を他所に、いつの間にか後片付けは済まされていた。イードルたちの服も衣紋掛けにキレイに掛けられている。

「では、わたくしたちはこれで失礼させていただきます。明日の朝、また参りますので」

メイドリーダーらしき者が挨拶してきた。

「ありがとう。王妃陛下によろしくお伝えくださいませ」

「かしこまりました」

恭しく頭を下げて多くのメイドたちが退室していき、六名ほどが残る。

「王妃陛下と言ったのか？」

イードルが震える声で確認した。

「ええ。彼女たちは王妃陛下の専属メイドですわ。王妃陛下がご厚意で遣わしてくださいましたの」

そう言われれば、王子であるイードルにも遠慮のない着替えさせ方であった。

「その特注のお履物も王妃陛下からのプレゼントですわ」

「明日からもお着替えのお手伝いをしてくださるそうでよかったですわね」

「私たちは嵌められた……？」

「イードル殿下。それは違いますわ。わたくしたちは、みなさまの『真実の愛』を応援しておりますのよ」

フェリアの笑顔にイードルは震える。

「フェリア……。殿下……呼び……」

「婚約を見直しているところですもの。当然ですわ」

フェリアは普段は『イードル様』と呼んでいる。少しの違いかもしれないが、イードルにとってフェリアが『殿下』ではなくイードル自身を見てくれているようで、その呼び名を気に入っていた。

イードルはガクリと項垂れた。

「僕たち（サバラルとゼッド）は何も……」

サバラルは涙目でバーバラを見た。サバラルとゼッドは『リナーテを愛している』とは公言していない。だが、リナーテが王妃となることが決定のような発言はしたし、淑女教育が簡単なものであるような発言もしている。

「サバラル様ったらっ！　うふふ。リナーテ様が男爵令嬢であるだけでは『彼女が望む国』を作るなんて、まわりが許してくれませんわよ？　リナーテ様に王妃になっていただきたいのでしょう？」

「違う……違うんだ……」

サバラルの頬に一筋の涙が流れた。

「…………」

ゼッドは口をパクパクさせている。

「ゼッド様も、男爵令嬢であるリナーテ様を『近衛騎士としてお守りする』ことはできませんでしょう？　リナーテ様に淑女A科に移籍するお気持ちを持っていただかなくてはなりませんわねっ？」

ルルーシアは『ねっ？』を強調するように細い首を傾げる。

王妃陛下が関わっているらしいので、イードルとサバラルとゼッドは何も言い返せない。

「お三方が三ヶ月頑張れば、リナーテ様は生涯頑張ると仰っているのです。なんと健気な女性でしょう！」

「本当に素晴らしい方ですわ。リナーテ様が王妃陛下になられたならば、お三方の『真実の愛』が成就するのです！」

「王妃陛下になられるリナーテ様と共に歩み、リナーテ様を支えて、リナーテ様を守ってあげてくださいませっ！」

フェリアとバーバラとルルーシアは期待するような目で三人を見てた。

『そ……そんな……話……だったかな……』

『あれ？　僕たちの真実の愛？』

『んんんん？』

イードルとサバラルとゼッドは顔を青くしながら懸命に先程の騒動を思い出すが、メイドたちに拉致されたことが印象的で、その前の自分たちのセリフが曖昧な記憶になっていきていた。

「王妃陛下のご助力もいただいておりますから、逃げられませんよ」

三人は肩をビクつかせる。

「もちろん、学園にもお話は通してありますわ」

三人はブルリと震える。

「各家にも、ですわね」

三人は膝をガクガクとさせてしまう。しかし、メイドに支えられているので座り込むことも倒れることもできない。どうやら彼らの記憶が曖昧なことは考慮されることはなさそうだ。

「明日からは、着替えとお化粧がございますので一時間早くご登校くださいませ」

「一時間っ！？？？」

「はい。今日は大変薄化粧ですが一時間近くかかっております。もうすぐ昼休みが終わってしまいますわ」

イードルとサバラルとゼッドの前それぞれに鏡が並べられた。

「お三方とも美人ですわね。明日のお化粧が楽しみだわ」

『私は美人なのだな』

『うん。悪くないね』

『おおぉぉ!!』

三人は自分の姿を見て自分に惚れそうになった。それほど眉目秀麗である。

「「失礼いたします」」

メイドがイードルたちの頭にリボンをハチマキのようにつけた。少し長めの髪のイードルとサバラルにはとても似合い、短髪のゼッドでも町娘がしそうな髪型になった。

三人は自分の映る姿見に思わずニヤリとする。

「「では、お教室へ参りましょう」」

メイドに左右を支えられながらフラフラと二学年の淑女A科へ向かうイードルとサバラルとゼッドを、生徒たちは興味津々に見ている。

人の多い昼休みの中庭での告白劇であったので見ていた者は多く、噂が回るのも早かった。そのため三人を一目見ようと人垣ができている。

着替えをした共同棟から二学年棟へ移動する間も人垣はなくならない。

だが、三人は足元が不安で周りを見る余裕などない。

それでも、ある程度見ていられるほどの美しさであったし、王族と高位貴族である三人なので嘲笑う声はなかった。

学年棟は中央廊下から右が紳士科で左が淑女科となり、一階に各科共同教室とA科B科、二階にはC科D科となっている。

男女で左右に分かれるので、基本的には共同棟以外では男子生徒と女子生徒の交流はできない。

イードルが『そもそも男が淑女科へ行けるわけがない』と考えたことは本来正解である。

つまり、現在の三人は女性扱いだ。

淑女科へ入ると野太い男子生徒たちの声が消え、声色が明るくなったことに気がついたイードルたちはふと周りを見渡した。ここでやっと注目されていることに気が付き、顔を赤くする。

淑女A科一組は一番奥なので、気恥ずかしさから廊下がどこまでも続いていくような気分になった。

フェリアたちに誘導されたイードルたちが教室に入ると、一番後ろに誰も座っていない席が六つ用意されていた。

三人はその様子に瞠目する。

「いいいつの間に……」

イードルの声が震えた。これを見れば学園側が協力的であることは一目瞭然である。聞いてはいたが実際に目にすると衝撃的だった。

「これはいつもこの状態なのですか?」

サバラルは万が一の光明を探すかのように泣きそうな声で質問する。

「まさかっ!　うふふ。皆様がメイドに連れられた後、すぐに学園関係者の方が準備してくださいましたわ」

先頭を歩くフェリアは説明しながら真っ直ぐに窓側へ向かった。

一番窓際にイードル、一つ空けてサバラル、さらに一つ空けてゼッドがメイドに支えられながら席の近くへ行く。


イードルとサバラルとゼッドがそれぞれ自分に充てがわれた席の脇に来た。

サバラルが椅子の背もたれに手をかけて座ろうとした。

ズルッ！　ベッタン！　ゴチン！

パニエのせいでお尻が椅子から滑り落ち、床に尻もちをついて、後頭部を椅子の座面の前面に打ち付けた。

「くっふっ」

頭を抱え込んで痛がる。

「「「んっ－！－！－！」」」

様子を見ていた他の女子生徒たちは笑いを堪える。

サバラルのミスを理解したゼッドが椅子に深く座った。

バッターン！！！

ゼッドが少し背もたれに寄りかかった瞬間、後ろに椅子ごと倒れた。

クルリッ！　スッテーン！

見事な後方回転！　だが、回りすぎて着地失敗。床にお尻をついてしまった。ちょっと残念だがさすがに騎士団家！　ドレスを着てこの動きであるのだから運動神経抜群だ。

ゼッドは机も蹴り上げたのだが、それを予想していたメイドは前の席の女子生徒に怪我をさせることなく蹴られた机を防いだ。

ゼッドが倒れたことより机が女子生徒にぶつかることを防いだメイドへの感嘆の気持ちが勝り、笑いは出ない。

が、目線がメイドに向かってしまったため、ゼッドの運動神経の良さへの称賛もなかった。これまた残念。

「どうやって座れというのだっ！」

イードルは怒鳴るほどではないが、必死な形相で声は少し大きめだった。

「イードル殿下。声は荒らげないでくださいませ。それと、みなさまは座っていらっしゃいますわ」

淑女A科二年一組は二十名。フェリアとバーバラとルルーシア以外の者は、すでに着席してこちらに注目している。

「すまない……」

フェリアの『殿下』呼びと素直すぎる謝罪の言葉に情報処理能力が高く、敏い淑女A科一組のメンバーはピクリと眉を動かすが、騒ぎたてたりはしない。

『『『イードル殿下は余程フェリア様を怒らせてしまったようですわね』』』

淑女を舐めたような発言をしたことはこのクラス内でもすでに周知されているので、誰もイードルたちを擁護するような気持ちにならない。

「仕方ありませんわね。メイドに手伝ってもらいましょう」

イードルとサバラルとゼッドは椅子の前につく。メイドが脇に一人と背もたれの後ろに一人ついた。

「パニエを少し持ち上げて椅子の前方三分の一ほどに座りますのよ」

パニエを持ち上げるのをメイドに手伝ってもらってなんとか座る。三人がなんとか座ると机もメイドがいい位置にしてくれた。

フェリアとバーバラとルルーシアはそれぞれの婚約者――イードルとフェリアはまだ婚約解消はしていない――の隣の席へ行き、自分で座り、椅子と机の位置を自分で直す。本当にできるものなのだなと男三人は目をしばたたかせる。

それからほんの数分。

「ちっとも休まらん……」

「ゼッド様。お教室はご休憩所ではありませんわ」

「でも、これじゃ授業に集中できないよ」

「サバラル様。わたくしどもは常にこれですわよ？」

「ノートへの書き取りはどうするんだ？」

「イードル殿下。当然いたしますわ。授業ですもの」

イードルたちはノートへ書く練習を試みた。だが、コルセットのせいで前方へ腕が伸びない。腕を伸ばそうとしたり、背を正そうとするたびによろけてメイドがずっと世話をしている。

「背を伸ばして腰からではなくお尻から前方に傾き、腹筋で耐えますのよ」

普段の鍛え方の違うゼッドはなんとかできたが、イードルとサバラルには無理そうだった。

「ノートの下方部だけお使いなさいませ。ページはいくら使っても問題ありませんわ」

ルルーシアの助言に二人は小さく頷いた。


教師が入室してきた。イードルとサバラルとゼッドがいることに何も反応しない。学園側が協力していることが決定的となり、三人は気落ちする。心のどこかで「ここは淑女科です。男性は出ていきなさいっ！」などと言われることを期待していたのだが無駄であった。

女装青年三人という強烈な存在を無視して淑女学の教師は授業を開始した。

「それでは、教科書五十一ページ。本日は花言葉についてです」

イードルたちの前にも教科書は用意されており、手元の力加減を変えると転びそうな三人のためにメイドが教科書を開いてくれる。

教師の指示で指名された女子生徒が立ち上がって音読をした。音読が終わったタイミングでイードルが手を挙げ、教師は普通のことのようにイードルを指名する。

「はい。イードルさん。どうしましたか？」

イードルは立ち上がろうとしたが、教師はすぐさま手で止める。

「そのままで結構ですわ。立ち座りに時間がかかるのは困りますから。それは後ほど練習なさっておいてくださいね。お茶会などでは必要なテクニックですよ」

イードルは息を飲み、ゼッドは目を丸くし、姿勢もままならないサバラルは顔を青くした。

「では、このままで失礼します」

王族といえども生徒なので、名前は『さん』付けで、敬語使いである。

「花言葉など何に必要なのですか？」

「男性的な質問ですね。みなさんにとってもとても新鮮な質問なのではなくて？　お答えしてみたい方はいらっしゃる？」

何人かの生徒が手を挙げ、教師が一人を指名する。指名された生徒はスッと立ち上がる。このクラスにとってこの格好での立ち座りはできて当然のことなのだと目の当たりにした。

「社交に必要だからですわ。贈り物一つからでもお心遣いがわかったりいたしますわ」

サバラルが手を挙げた。

「ここから暫くはディスカッションにいたしましょう。わたくしが指名した方は立ち上がらずに意見を述べて結構ですわ。では、どうぞ」

教師が指名したのはサバラルだった。

「贈り物なら贈っていただいた後に調べればいいし、贈る時に調べればいいのではないですか？」

次に手を挙げた女子生徒を教師が指名した。

「突然目の前で贈り物をされて、その意味を理解せずに受け取ることは失礼ではありませんか？　これは有名なので知らない方はいらっしゃいませんが、薔薇の花束をいただいて『好意』を知らないふりをされたら困りませんか？」

「それなら、贈り主に理由を聞けばよかろう？」

ゼッドが首を傾げながら問うた。

「聞くことが相手に恥をかかせることもありますわ。今の例で申しますと、薔薇の花束を受け取る前に『わたくしには好きな殿方がいます』とお断りするのはいいですが、『どんな意味の花束ですか？』とお聞きしてから断ってはお相手を傷つけてしまうだけですわ」

「それに逆恨みされることもありますわよ。去年、子爵令嬢様が侯爵子息様に刺されましたでしょう？　とても美しい子爵令嬢様で、その侯爵子息様から『ストック』の花束をいただいたそうですの。ストックの花言葉を『永遠の美しさ』とお取りになられたようですわ。ですが、侯爵子息様は『求愛』という意味で贈られたのでしょう。後日正式に婚約のお申し込みに赴かれた際にお断りされ、その数日後に殺傷事件が起きましたわ。子爵令嬢様が両方の意味をご存知でしたら、きっと花束を受け取らなかったのではないかしら?」

クラス中がゾッとした。

高位貴族が下位貴族を虐げた事件なので特に国としては問題にはされなかったものの、社交界では噂になり、そんな乱暴をする侯爵子息に嫁ぎたがる令嬢はもういないだろう。その侯爵子息は領地の隅で隔離されている。

それから花束を贈ることについて、意見が交わされた。

「イードルさん。このように贈り物にをする際の花言葉の重要性は理解されましたか?」

「はい!」

イードルは真面目な顔で頷いて感想を述べる。

「知らないことばかりでびっくりしました。意味も考えずに贈ってしまうと相手を傷つけることもあるのですね」

イードルは昔、病気をした侍女にお見舞いだと王宮の庭園で花束を作ってそれを渡した。その後その侍女が異様にイードルにベタベタしてきて、その侍女は間もなくしてクビになった。イードルにとってはお見舞いとしての意味しかなかったため、花の種類は覚えていなかったが、もしかしたら『愛』を意味するものを贈っていたのかもしれない。

「そのためのお勉強ですよ。質問することは悪いことではありません。それに贈り物だけではありませんよ。みなさんが使っている家紋にも意味があるものが多いのです。ゼッドさん。貴方のお家の家紋には何が使われていますか？　そして、その意味をご存知？」

「え？　あ、リンドウが使われています。意味は考えたことが……ないですね」

「リンドウの花言葉は『正義』です。代々騎士団に携わるお家らしい家紋ですね。パーティーなどで、ゼッドさんも、ゼッドさんのお家もご存知でなくとも、カフスなどの家紋を見れば武道に携わるお家の方だとわかりますね」

イードルとサバラルとゼッドはノートに書くことも忘れて教師の言葉に聞き入った。

「それからお花を模したアクセサリーに意味を持たせる方もいらっしゃいます」

「「「え？！！」」」

イードルたちは驚いたが、淑女たちの間では有名な話らしく、女子生徒たちに驚きの色はない。

「ある高位貴族のご夫人は初めてお呼ばれしたお茶会には必ずゼフィランサスのブローチをしていきます。『期待しています』という意味を込めて。そして、お帰りの際、そのブローチをお付けになったままか、外しているかで評価が分かり、その後のお茶会に影響があると言われています」

「「こわっ！！」」

イードルたちは仰け反った。いや、仰け反ろうとしたが、メイドたちに押さえられた。仰け反ったら椅子ごと倒れていたに違いない。

「ですが、そうして落とすだけではないのですよ。不合格とされた方をご自分のお茶会へお招きしてお茶会のお手本をお見せしたり、お手本となるお茶菓子を贈って差し上げたりなさいます。そして、三度まではその方のお茶会へ参加されるのです。三度目までにブローチを外されなければ、合格というわけです」

「「「ふかっ！！！」」」

「花言葉を知らず、お茶会の内容を変えないままそのご夫人をご招待し続けた伯爵夫人は社交界で友人がいなくなってしまいましたわ」

三人がブルリと震えた。

「ですが、伯爵のご子息の妻となった女性が知識もあり探究心もある方でしたので、なんとかご夫人から合格をいただき、社交界での地位も上がったそうですわ」

三人は『よかったよかった』とばかりにコクコクと頭を縦に振っている。

こうして午後の授業は終わった。

「では、お着替えのお部屋へ参りましょう」

イードルたちはメイドの助けを借りながら立ち上がる。

「いたたた……」

「くぅ……」

「…………つっ！」

「いかがいたしましたの？」

「腰が……」

「「まあ！　情けないっ！」」

お婆さんのように腰を曲げている三人に容赦なく冷たい視線を送る。フェリアたちの様子も相まってクラスのメンバーはクスクスと笑っている。

それを咎める余裕は三人にはない。

「僕はもう歩けない……。すまないが靴を持ってくれるかい？　僕は裸足でいい」

サバラルは早々に諦めた。自分を正確に分析できている。バーバラがメイドにコクリと頷く。

「かしこまりました」

メイドがどデカいハイヒールを手に持った。

イードルとゼッドは何とか歩き始めたが、共同棟辺りまで来るとギブアップして靴を脱いだ。

コルセットに慣れないイードルとサバラルとゼッドは息も絶え絶えで共同棟に用意された着替え部屋まで到着した。

『『こんなものを着けてパーティーなんてありえない……』』

まだ午後半日の授業で椅子に座っていただけなのに疲労困憊である。

着替え部屋に入ると疲れ切ったイードルとサバラルはメイドに頼んで真っ直ぐにソファへと赴いた。

そして、長いソファの端と端に座る。しかし二人は体のダルさのせいでパニエのことをすっかり忘れていたようで普通に深く座ろうとしてしまった。

ゴッチーン!!

二人で内側によろめいてしまい、二人の頭がソファの真ん中でぶつかりものすごい音がした。フェリアとバーバラとルルーシア、そしてゼッドやメイドも痛そうに顔を顰めた。当の二人はソファから転げ落ちて頭を抱えて蹲る。

しばらくして女性たちは笑いだした。二人は涙目で恨めしそうに女性たちを睨んでいた。ゼッドは何とも言えない顔をしている。

「それでは、わたくしたちは帰りますわ。明日は始業の一時間前にこちらへいらしてくださいませ」

「おいっ！　着替えはっ!?」

イードルが慌てて引き止めた。

「メイドたちがお手伝いしてくださいますわ。では、これで」

フェリアとバーバラとルルーシアは美しいカーテシーをして退室していった。座り込んだままのイードルとサバラル、突っ立ったままのゼッドは恨み言も言えずに取り残された。

メイドに着替えを手伝ってもらい帰宅するイードルとサバラルとゼッドだったが、家は安らげる場所ではなくなっていた。

第二章

イードルが王宮へ戻ると、女性教師のような服を着て年は召しているが胸を張り威厳ある佇(たたず)まいで貫禄十分威風堂々とした女性が迎えた。白髪が少しだけ混じった濃い緑髪は後ろに一つにまとめてあり細い黒メガネの奥の漆黒の瞳はとても鋭く、迎えといっても決して快(こころよ)くという様相ではない。

「メイド長……」

イードルがため息混じりに呟く。メイド長の後ろにはメイド服の侍女がハイヒールを持って従っている。

「おかえりなさいませ」

表情を変えないメイド長に、イードルはポーカーフェイスをふっ飛ばして思いっきり苦い顔をする。

「淑女はそんなお顔をいたしません」

静かだが有無を言わせない雰囲気でイードルも反論できない。

「こちらをお履きください。王妃陛下が殿下のためにご用意してくださいました」

「なぜっ⁉」

「本日の午後の殿下のご様子を大変残念に、そして不甲斐なく思われたそうでございます」

「でも、これは特注なのだろう？　前もって用意していたということではないのか？」

イードルは先程注意されたにも関わらず訝しんだ顔をする。このメイド長とはそれほどの仲である。

「前もって殿下の不甲斐なさを予見されていたということでございます。午後の授業だけで音をあげたとか。裸足で廊下を歩くなどあってはならないことです」

早い情報に寒気がした。

「本日のお夕食は王妃陛下とご一緒にというご指示をいただいております。その際にはお履物はこれでと指定も受けております。では、お履き替えくださいませ」

王宮メイドがイードルの足元にどでかいハイヒールを並べた。拒否権はなかった。

いつの間にかメイド二人が脇に付いており、歩く手伝いをするつもり満々である。

イードルはウエストコートにスラックス、それにハイヒールという出で立ちで自室まで歩いた。王城ではないのでメイドや騎士以外とはすれ違わなかったことが、ささやかな救いであった。

付き添っていた護衛だけではなく、部屋の前で待機していた護衛でさえもイードルを見ても表情を変えない。

部屋に戻りソファに座り込むとハイヒールを投げるように脱ぐ。メイド長はその様子を片目で見て小さく注意する。

「コホン！　では後ほどお声掛けいたします。本日、お食事の後にも予定がつまっておりますのでお食事の前に宿題や執務などをお済ませくださいませ。では」

普段よりも深いわざとらしいお辞儀をして下がっていった。


メイド長と入れ替わりに側近の一人が入室し、休む間もなく机に向かわされ、必要なことがほぼ終わったタイミングで夕食だと声がかけられた。当たり前のようにイードルの前にハイヒールを並べるメイド。イードルはチラリと側近を見るが、いつもの無表情で書類の整理をしている。

『私がハイヒールを履くことがここまで周知されているか……』

イードルは側近を呆然と見ていたが再び促されて、嫌々立ち上がった。

「どうして何も言わないんだ」

「何をですか？」

「これだよ。普通指摘するところだろう？　当たり前のように見られるなら笑われた方がマシだ」

イードルは右足を軽く浮かせてプラプラと振る。

「王妃陛下のご指示を笑うようなマネはいたしません」

当然と言いたげな回答にイードルは渋顔をした。

「淑女の皆様の反感を買うなど……。そう考えるとその程度で済んでよかったですね」

「皆様……？」

「そうですよ。王妃陛下は淑女の代表です。今更知ったのですか？」
イードルは食事をする気分を害したが、王妃陛下からの命を無視はできない。
「いってくる」
項垂れたイードルは肩を落として、メイドに支えられながら歩き出した。
「王妃陛下とのお食事をお楽しみください」
側近が今までには無いようなことを言った。イードルは尚更気落ちして部屋を後にする。
食堂の前に王妃陛下が待っていた。否、待ち構えていた。
「あら？　本当に情けない歩き方ね」
王妃陛下がサッと扇を取り出す。
「膝を伸ばす」　パチリ
扇でイードルの膝を打つ。
「ほら、今度は腰が曲がったわ」　パチリ
「胸は反らさない」　パチリ
「お尻は上げない」　パチリ
「膝がまた曲がったわよ」　パチリ
「顎を上げない」

扇の先でイードルの顎を押す。

「立ち姿も醜いなんて、淑女として信じられないわ。姿勢って、筋力も体力も使うでしょう？」

優雅な笑顔に引きつり顔で答えるイードル。

「はい……。そうですね」

「日頃の鍛錬が足りないのではなくって？」

見下すようにイードルを見遣り、食堂へと入っていった。イードルはまた膝を曲げてメイドに支えられながらついていく。

『楽しい食事とは言えないものになりそうだ』

イードルがため息をつくと王妃陛下が振り向いて睨む……睨んではいない。美しい笑顔だ。

それなのに、イードルには睨まれたように感じた。

「笑顔でいなさい。笑顔を続けることも鍛錬の一つなのよ。それが王女の仕事です」

微笑みながら静かに、だが、威厳のある声にイードルが立ちすくむ。

「おっ！　おっ！　王女！？？」

「ええ、そうよ。明日からはドレスも着てもらいますからね」

王妃陛下はお手本のような美しい笑顔のままで踵を返し、テーブルへ向かった。イードルはしばらくの間動けず、母親に促されるまでその背中を呆然と見つめていた。

サバラルが帰宅すると、母である公爵夫人から早速お茶の誘いを受けた。

サバラルはいつものようにゆったりとソファに座り、紅茶を取ると香りを楽しむ。紳士としては洗練されていて大変優雅な仕草である。

紅茶を一口飲んで左手のソーサーに戻す。

「ダメですよ。サバラル」

「は？　はい？」

笑顔を向ける母親にサバラルは首を傾げた。

「わたくしをご覧なさい。背を背もたれに付けていますか？」

サバラルは顔を青くして、お茶をテーブル置いた。

「立ち座りに時間がかかるのは困りますから。それは後ほど練習なさっておいてくださいね。お茶会などでは必要なテクニックですよ」

サバラルは教室での姿勢と、教師の言葉を思い出した。そして母親がすでにそれを知っているという事実を目の当たりにした。

サバラルが改めて母親の姿勢を確認すると、本当に姿勢を正して背もたれを使っていないことに驚愕し、慄（おのの）く。これまで気にしたことはなかったが、今目の前でお茶を飲む母親の姿は見慣れたものなので、つまり母親は今までも椅子の背もたれは使っていなかったのだろう。

『母上は常からこの状態だった……？　父上や僕が長話をしていても？　今の僕には……む……り……』

サバラルにはもうお茶の香りが感じられなくなっていた。

「お部屋でいただくお茶と応接室やサロンでいただくお茶は違います。部屋を一歩出ればそこには誰かの目があると思って行動しなければなりません。美しく、気品を持って、優雅に。そしてそれを自然に」

公爵夫人はお手本だと言わんばかりにすうっと立ち上がり背筋を伸ばしたまましなやかに座り、優美にカップを持つと楚々とお茶を口にして音も立てずにカップをテーブルに置く。サバラルはあまりの自分との違いに寒気立ち小刻みに震えていた。

「練習もせずにできることではないのよ。わたくしが直々に練習を見て差し上げましょう。はい。お立ちなさい」

公爵夫人はにこやかに命じていく。恐怖と思考の硬直でシャッキと立ち上がり、目は縫い付けられているかのように壁を凝視している。

「そんなに急いで行動しない。優雅さがないわ」

だが、ゆっくりと立ち座りする方が難しい。

「お座りなさい。下を見ない。姿勢はシャンとして。微笑みが消えていますよ」

それから三十回ほど淑女の立ち座りの練習をさせられた。ハイヒールでない分は楽であったはずだが、椅子より座面の低いソファであったので、疲労困憊した。


ゼッドは帰宅すると、まずは自宅の鍛錬場で剣の鍛錬をする。それから湯浴みをし、学園の課題を終えるころ、食事の時間となる。

いつものようにメイドに声をかけられて食堂へと赴く。

いつもなら座った順で食べ始めるはずなのだが、弟二人は食事を始めていたが、母親である侯爵夫人は皿は手付かずだった。

「ゼッド。待っていたのよ。早くお座りなさい」

「母上。お待たせしていたとは知らずに申し訳ありません」

ゼッドはいつもの席についた。

「では、いただきましょう」

ゼッドの前にはいつものようにぶ厚いステーキが置かれている。侯爵夫人の優に三倍はあるようなステーキだ。それをナイフで五分の一ほどに切り、フォークを口に運ぶ。

ゼッドが大口サイズのステーキを口に入れようとした瞬間、母親の侯爵夫人から声がかかった。

「ゼッド。とてもはしたないわ。フォークを置きなさい」

「え?」

「ゼッドのお皿を下げて」

「かしこまりました」

　メイドが固まるゼッドの左手から大きな肉が刺さったままのフォークを取り上げ、皿を下げる。しかし、調理場まで下げるのではなく侯爵夫人の近くの空き席へとその皿を置いた。

「ゼッド。淑女はそのような大きな口を開けて食事はしません。我が家は侯爵家です。淑女の教育が足りないと思われることは許されません」

「淑女の教育?　ですか?」

「そうよ。今日から貴方は淑女となるのでしょう?」

「あ、いや、それは、その……」

「特級淑女を目指す少女たちのお手本になるのよね?」

　母親の妖艶な微笑みに、ゼッドの首は左右に小刻みに振られる。

「わたくしも、貴方が特級淑女になれるよう、ぜ、ん、りょ、く、で、応援するわ」

　ゼッドは頭を抱えて肘をテーブルについた。

「肘をつくのははしたないわ。ステーキを没収されたいのかしら?」

優しく諭す声に背筋がピンと伸びる。

「ステーキはわたくしと同じくらいが理想だけど、今日のところはわたくしの二倍くらいの大きさで許してあげるわ」

「かしこまりました」

メイドがステーキを切っていく。ゼッドは状況把握ができずに、口を半開きにして自分のステーキを凝視した。ゼッドからするとまるでミンチにしたような大きさにカットされていく。肉汁が皿にこぼれていく。

ゼッドの好みは、大きな肉塊を口に入れて咀嚼して肉汁を楽しむ食べ方なのだ。

『そ、それはっ！　リスが食べるような大きさではないかっ！　あああ！　美味い肉汁が逃げているぅぅぅ』

ゼッドは心で泣きながら自分の分のステーキから母親へと視線を移したが、母親は優雅にワインを飲んでいた。

母親が何を始めたのか理解できていない弟二人は関わってはならないことを本能で悟り、慌てて食事のペースを上げる。ゼッドほどではないが、食べ物については似たような好みをしている。自分たちのステーキもリスの口サイズにされてはたまらない。

ゼッドの前に何も乗せられていない皿と、新しいフォークが用意された。

「わたくしのペースに合わせてゼッドのお皿に乗せてあげて」

「かしこまりました」

ステーキをミンチにした――一般の一口ステーキより充分に大きいが――メイドがその皿を持ってゼッドの隣に立つ。

「ワインも一杯だけですよ。年若い淑女はガブガブと飲んだりしないもの」

気を落ち着けようと、ワイングラスに手を伸ばした瞬間に釘を刺された。この国では十五歳で飲酒が認められている。

諦めたゼッドはパンに手を伸ばす。

「パンはいくつ食べてもいいわ。ただし、一度でも大口で食べたら、その時点で食事は終了よ」

「終了……？」

「そうよ。お肉を食べきっていなくても終了」

「っ!!」

ハッとしたゼッドは決して大口にしないためにパンを千切って千切って皿の上においていく。

予想もしていなかったゼッドの行動に、さすがの侯爵夫人もツッコミを忘れてそれを許してしまった。

「コホン！」

安心したかのように少しだけ微笑んだゼッドを一睨みしたが、時すでに遅し。今日のところはそのちぎったパンの山を許す他なくなっていた。

ゼッドの弟二人が立ち上がる。

「ごちそうさまでした。母上。お先に失礼いたします。兄上。どうぞごゆっくり」

「俺も！　ごちそうさまでした！」

デザートまできっちり自分好みの大口で食べた弟二人は、そそくさと食堂を出ていく。

それからゼッドの長い長い食事時間が始まった。ゼッドにとって晩餐会でもないのにこれほどの時間をかけた食事は初めてで疲れ切ってしまった。

大好きな厚切りステーキも、自然な甘みのリンゴのコンポートもとても味気無い感じがした。


やっと食事が終わったゼッドは分が悪いと早々に引き上げる算段をして立ち上がった。

「母上。お先に失礼します」

軽く頭を下げると頭を上げる前に冷たい声が降り注がれた。

「ゼッド。湯浴みの用意ができたようだわ。ゆっくりと楽しんでいらっしゃい」

おずおずと頭を上げたゼッドは声を震わせた。

「鍛錬の後に湯浴みは済ませました」

ゼッドの言葉を侯爵夫人はまるっと無視してメイドたちに顔を向ける。

「ゆっくりと湯浴みをしてきなさい。連れていってちょうだい」

「「「かしこまりました！」」」

侯爵夫人に恭しく礼をした執事とメイドに背を押されながら自室に向かった。

『この感じ……。今日二度目だ。連行される犯人の気分だ』

ゼッドは中庭から着替え部屋へとメイドに引っ立てられたことを思い出した。

『だが、母上の命では反対もできぬ』

ゼッドも、そして弟たちもこの家で一番エライ方が誰なのかはよく知っている。

ゼッドがメイドたちに連れて来られたのはゼッドの自室の浴室だった。

「入浴くらい一人でできるっ！　俺をいくつだと思っているのだっ！」

ゼッドの家では基本的に騎士になるための教育がされる。遠征ともなれば、着替えなど自分のことは自分でしなければならない。入浴などはすべてメイド任せの家もあるが、ここでは幼い頃から自分でやっている。

「入浴のお時間ではございません。奥様が仰る『湯浴み』とは美容のことでございます」

「はあ⁇」

淡々と告げるメイド。ゼッドも観念して従う他なかった。

真っ裸で湯船に浸かるとそこから出した腕やふくらはぎが優しくマッサージされていく。

『これは……。いい。疲れが吹き飛んでいく。鍛錬で疲れた筋肉が緩む。母上は俺の体を気にしてくださったのか。連行されるなどと思って申し訳なかった』

ゼッドは母親を疑ったことを反省した。


ゼッドが頭を後ろにダランとさせると髪に何かを塗られ頭皮マッサージが始まった。

『うをを……何という気持ち良さだ。香りも素晴らしい。これが香油か。このまま堕落していきたくなる。神経も……緩む…………』

全身を完全に弛緩させてメイドたちに全てを委ねたのは八歳のとき以来だ。口をパカンと開けて目を瞑りリラックスした。

しばらくするとマッサージされていた足が湯船の中に戻ってきた。ポカポカと全身が喜んでいて、ゼッドに軽く睡魔がやってきた。

「毛を柔らかくいたします。ゼッド様の毛は硬いのでお時間がかかります」

緩み放題のゼッドにはメイドの説明が頭に入っていかなかった。

ここで無理矢理逃げ出せば地獄は来なかったかもしれない。

ゼッドにしてはかなり長い時間湯船に浸かった。

「浴槽からお出になってください」

素直に出るゼッド。これで開放され、この気持ちのままベッドへ行けるかと思っていたが、手を引かれたのはどこから用意されたのか浴室に置かれた木製のベッドであった。それに仰向けにさせられる。大切な所にはタオルを乗せ、なぜかメイドの一人がゼッドを押さえつけた。

「何をするっ⁉」

弛緩した頭では怒鳴ることもなくキョロキョロと見回す。しかし、味方になりそうな者はいない。

「少しだけ痛くなりますので、耐えてくださいませね」

『ザリザリザリザリザリ、イタタタタタタタッッッッ!!』

「何をしているんだぁ！」

寝惚けていたゼッドでも一瞬にして目を覚ました。

「すね毛を剃っております」

メイド四人がかりでゼッドのすね毛を軽石で擦っていた。

ゼッドの叫び声は続き、何度めかに足を動かした時にかえって危ないと執事が呼ばれ革紐で拘束された。

「今日は御御足(おみあし)だけですわね。明日は腕をやりますわ」

「スカートで見えぬのだ……。腕だけでよかったのではないのか……」

「見えぬところもケアすることが淑女でございますわ。ゼッド様はご婚約者のルルーシア様の御御足がふさふさでしたら嫌でございましょう？」

ゼッドは今日見たルルーシアの細い足首を、そして細いウエストを思い出し、後になって違う意味で悶絶することになる。

すね毛の処理をされ洗い流されたゼッドは、先程の木製ベッドにタオルを何枚も重ねた所へうつ伏せに寝るように指示された。

『まだ地獄は続くのか……』

疲れ切って表情筋の動かなくなったゼッドは促されるままベッドへ横たわる。

そして、そこから四人のメイドによって全身マッサージを施される。先程湯船でされたマッサージとは異なり、力を込めてまるで何かを絞り出すようだ。

ゼッドは悲鳴を上げていたがメイドたちの手が止まることはなかった。


翌朝、フェリアとバーバラとルルーシアが授業開始の二十分前に例の着替え部屋へと入室するとイードルとサバラルとゼッドはすでにドレスに着替え、鏡の前に立っていた。

フェリアたちは優雅にカーテシーをしてイードルたちに挨拶をした。

「お前達。遅いではないかっ！」

イードルの言葉とともにイードルとサバラルとゼッドは入口の方へと振り返った。

「「「まあ！　美しい！」」」

フェリアとルルーシアとバーバラは感嘆の声を上げた。

「侍女長。素晴らしいお仕事だわ」

「ありがとうございます。素材は特級ですので、やりがいがありました」

「本当に素敵ですわ。わたくしもお願いしたいくらいです」

「我が家にも指導にきていただこうかしら」

「さすがだわ。明日からもお願いしますね」

「「「はいっ！」」」

フェリアたちの賛辞に王宮メイドたちは頭を下げる
女性たちのそんなやり取りは、少し離れたところで動けなくなっているイードルたちには聞こえていない。

フェリアたちは改めてイードルたちへと笑顔で近づいた。

「遅いぞっ！」

イードルは再び口にする。

「イードル殿下。わたくしたちは時間通りですわ。わたくしどもも支度がございますもの。わたくしどもは出立の二時間前より起床しておりますわよ。しかもま・い・に・ちですわ」

「「「ぐっ!!」」」

女子生徒が毎日こんなに早起きしているとは知らなかったイードルたちは言葉につまる。男子生徒は出立時間の一時間前に起床する者がほとんどである。

フェリアたちは女子生徒全員が二時間前に起きているわけではないことを知っている。

『制服のみなさまは女性でも一時間前にご起床なさいますけどね。特に寮生のみなさまは登校時間がございませんから、イードル様より遅いご起床時間ですわね』

フェリアたちはあえてそれは言わない。

朝は馬車寄せが混雑するため、通学時間は近隣の生徒でさえ乗り降りを含めれば一時間はかかる。寮からなら学校まで二分、教室まで五分だ。

「それよりっ！　これを見ろっ！　私がこんなことまでする必要があるのかっ!?」

「僕もっ！」

「俺もだっ！」

イードルはスカートを捲りあげると、すね毛の一本も生えていないキレイな足を晒した。

「お三人とも美しいスネですわねっ！」

フェリアは驚嘆の声を上げた。

「見えないところなんだよ。僕たちはしなくてもいいところだよね？」

「淑女にとっては必要不可欠なことですわ」

チロリと睨むサバラルをバーバラは笑顔で躱す。

「地獄の痛みだった……」

「週に一度だけですわ」

眉を寄せて床を睨みつけるゼッドをルルーシアがいなす。

「私はマッサージまでされたぞ」

「ふふふ。みなさま、お肌がツルツルですものね」

「あんなにしなくてはダメなの？」

サバラルはツルツルと言われて自分の頬を撫でてみた。確かにツルツルだが、男としてはツルツルになりたいわけではない。

「気持ちいいものでしょう？　クセになりますわよね。白磁の肌を保つためには週に三回ほどマッサージが必要ですわ」

「地獄が週三……。毛剃は週一……」

悲痛な顔持ちでつぶやくゼッド。

「美を保つことも淑女として大切なことですわよ。ゼッド様」

ルルーシアは輝く笑顔で答えた。

『美を保つため。細い足首……細いウエスト』

ゼッドが頬を染めたがその意味をルルーシアが知ることなない。

「「淑女たるもの、当然の嗜みですわっ！」」

フェリアたちの静かなる勢いにイードルたちはたじろいだ。

「そろそろお教室へ行かなくては。参りましょう」

六人と支えてくれるメイドたちと廊下へ出ると、楽しみに待っていた生徒たちから黄色い声が湧き上がった。

「素敵ですわぁ！」

「男性ですのになんと美しいのでしょう！」

「羨ましいですわぁ！」

女子生徒の声だけでなく怪しげな低い声も混じっている。

「で、殿下……。お付き合いしたい……」

「サバラルさんは可憐だ……お守りしたい……」

「ゼッドさん……踏んでください……」

感嘆の声はあれど、馬鹿にする声は一つもなかった。

＊＊＊

今日の午前中の淑女学授業は刺繍だ。裁縫室へ赴き、グループで丸テーブルに座る。そこに用意されていたのは背もたれのない丸椅子だった。

「化粧をしているときに思ったのだが、全てこのような椅子にすれば楽なのではないか？」

背もたれのない丸椅子ならパニエを気にせず深めに座れるので楽なのだ。刺繍をする際に浅座りで行っては作業が捗らないし、雑になる。家で刺繍をするような時はワンピースに近いドレスであり、パニエは使用しないので安定して座ることができる。

イードルとサバラルとゼッドは背もたれのない椅子でリラックスすることができることによろこんだ。

「背もたれのない椅子は晩餐会やお茶会などで使うには気品がありませんわ」

「それに、殿方には望まれていない椅子だと思いますわ」

「確かに茶会や懇親会で背もたれを使わないということはないかな」

「昨夜、母上に指摘されるまで女性たちが背もたれを使っていないなど見てもいなかった。尻が背もたれに触れていないのは落ち着かなかった……」

イードルたちは昨夜のことを思い出しゲンナリする。

「普段の授業で背もたれのある椅子を使うことも淑女のお勉強の一つですわ」

確かに昨日の淑女A科の様子を鑑みると納得するしかない。

そうしていると教師が医務員とともに入室してきた。目の前にはすでにそれぞれの教材が並べられている。

医務員はイードルたちのテーブルの近くに置かれていた椅子に座って待機した。教師の声掛けで各々の作業が始まる。

このテーブルだけはイードルたちへの指導が行われることになっていた。

「今日はバックステッチのやり方です。そちらに真っ直ぐな線が書かれていますね。そこを縫っていただきます」

そして、それぞれの婚約者に指導していく。

「同じところに刺さらん……」

「同じところでないと絵に穴が空いてしまいますわ」

「線の上に針がこないよ」

「線がよれないようになさってくださいませ」

「小さい……」

「縫い目の大きさは揃えてくださいね」

テーブルの真ん中にはフェリアとバーバラとルルーシアの作品がお手本として並んでいた。真っ直ぐに縫うことさえできない三人は、フェリアたちの作品を自分が作ることを考えたら気が遠くなった。

三人はフェリアたち婚約者から刺繍入りのプレゼントをいくつももらったことがある。これまで気軽に受け取ってしまっていたが、まさかこんなに技術も手間もかかるものだとは知らなかった。

三人は何度も何度も指に針を刺してしまい、その度に医務員が様子を見に来てくれた。そして、自分たちのための医務員なのだと理解した。フェリアたち以外の女子生徒は笑顔でおしゃべりをしながら難しそうな刺繍をしているが、医務員を呼ぶ者などいない。

数センチほどしか進まなかった刺繍が施された布は、赤い点がいくつもついている。三人は自分の不器用さにため息が漏れた。特にゼッドの不器用さは称賛さえしたいほどであり、刺しては直し、刺しては直し、三針しか進ませることができなかった。

「俺はこんなにも不器用なのか……」

何でも自分一人でこなせると思っていたゼッド。フェリアたちは困ったと微苦笑いで慰めた。

刺繍の時間が終わり、食事のために六人で王家用の個室へ向かうことになった。歩くことが一番下手なサバラルはみんなより少し遅れた。バーバラがそれを笑顔で待ち、並んで歩く。

足元が覚束ないサバラルは両脇をメイドに支えられているが、下を向いて歩いている。

「バーバラ。今更だけど、手袋ありがとう。僕。大切に使うから」

バーバラから去年贈られた手袋には右手にサバラルの家の家紋とサバラルのイニシャル、左手には羽ばたく鳥の刺繍がされていた。

「うふふ。嬉しいですわ」

サバラルは少しだけ左側に顔を上げてバーバラを見た。バーバラの本当に嬉しそうで恥ずかしそうな笑顔にサバラルはドキッとしてしまった。そんな自分に慌てたサバラルは仰け反ってしまい、ステンッと仰向けに倒れた。スカートが腰まで翻る。女性であったら致命的だったろう。

「きゃあ！　サバラル様！」

バーバラの叫びで警備員が駆けつけ、サバラルの両脇を抱えて医務室へ行くことになってしまった。

床が柔らかい絨毯であったため、怪我もなく、昼食に間に合う時間にみなと合流できた。

昼食の時にはイードルたちには背もたれのない丸椅子が用意されていた。食事の時くらいはゆっくりさせてあげたいというフェリアたちの優しさだった。

「この場には母上がいない。どうか許してほしい」

ゼッドは皆に許しを得ると、肉をガシガシと大口で咀嚼。食べ終わるときには満足気な表情でお茶を飲んでいた。

その後、イードルたちはメイドを伴ってトイレへ向かう。

その間にフェリアたちはサバラルが転んだ時のことを話していた。

「サバラル様が刺繍を施したプレゼントについて改めてお礼を言ってくださいましたの」

バーバラは頬を染めた。

「イードル様も『あのテーブルクロスは素晴らしいものだな』と、以前差し上げたものを褒めてくださいましたわ」

嬉しそうなフェリアは『イードル様』と言っていた自分に気が付かなかった。気が付いたバーバラとルルーシアは目を合わせて微笑んだ。

「ふふふ。ゼッド様は、わたくしが刺繍をしたハンカチはもう鍛錬場には持っていかずにお部屋で使うそうですわ。汚したくないとおっしゃっておりましたの」

これまで見向きもされなかったプレゼントを認めてもらい、フェリアたちは嬉しそうに笑っていた。

午後は学術の授業が二時限あった。

「ルルーシア……」

授業が終了すると一番廊下側に座るルルーシアにゼッドが話しかけた。

その様子を見たメイドたちが目配せをして、フェリアたちを先に着替え部屋へと誘った。ゼッドに付くべきメイドは廊下に待機した。

四人が教室を後にすることを見送りゼッドは首をルルーシアに向けた。体ごと向かせることはまだできない。

「学術は紳士A科と遜色のないレベルのものなのだな……」

紳士A科では高位貴族子息の中でも後継者や後継者のスペア、または役職高官を目指す者が学んでいる。

ゼッドはもちろんイードルとユバラルも淑女A科の学術の授業の内容は今日まで知らなかった。

「そうですわね」

「お前は知っていたのか……。女性がここまで学ぶ必要があるのか？」

「淑女A科に通う者たちは多くが高位貴族の令息に嫁ぐことになります。その場合、もし旦那様が領地に携われないことになった時には、代行して領地経営をせねばなりません」

「もし？」

「例えば、旦那様が高官で王城から離れられない状況で、自領の管理を任せている者に何かあったとしたら？」

「なるほど」

「例えば、領地の東側で何かが起こり、旦那様がそちらに赴いている間に領地の西側で違う問題がおこるやも知れません」

「うん」

「高位貴族として広い領地と多くの国民を国王陛下からお預かりしているのです。『旦那様の不在』を理由に領地問題を先送りさせるわけにはいかないのです」

「そうだな」

ゼッドはルルーシアの言葉を神妙に聞いている。

「特にゼッド様は将来騎士団に入団なさり、騎士団長をお務めになるお方。今は平和であっても、ゼッド様の任期中に戦争がないとは言い切れません。ゼッド様が数年に渡り領地に戻れないこともあるやもしれないのです」

「……」

ゼッドは今日まで領地についてそこまで考えてはいなかった。ルルーシアがゼッドの領地の将来まで考えていてくれたことに心が温かくなる。

「わたくしはこれでも学術はクラスで三位ですのよ。二位はバーバラ様ですの。王太子妃となられるおつもりであったフェリア様、そして宰相夫人を目指しておられたバーバラ様には勝てませんが。うふふ」

「すごいな。頑張っているのだな」

ゼッドは、ルルーシアの言葉に引っ掛かりを感じたが『つもりであった』のはフェリアとバーバラのことだと自分に言い聞かせた。

ゼッドにはリナーテに好意があるような発言をしてしまった自覚はあるが、リナーテを娶(めと)ると宣言したのはあくまでもイードルであると思い込もうとする。

「旦那様がお仕事に邁進できるようにするのも妻の役目ですわ。ゼッド様は騎士団長という夢をお持ちになっているでしょう。わたくしはそれをお支えできれば良いと思っていたのです」

「っ!!」

『思っていた』と過去形にされたことにゼッドは動揺した。しばらく目を泳がせてルルーシアの顔をチラリと見ると、ルルーシアの目から涙が一筋流れた。

ゼッドは瞠目(どうもく)して固まった。ルルーシアはいつも凛としていながら朗らかな笑顔で、カラーの花が咲き誇っているようであった。そのルルーシアが少し背を丸め、目を伏せてゼッドの顔を見ようともしない。ゼッドはルルーシアのそんな様子は初めて見た。

ルルーシアはサッとそれをハンカチで拭う。

「早くお着替えをしなくてはなりませんね。メイドを呼んでまいります」

立ち上がったルルーシアだが、ゼッドに顔を向けることはなかった。

「待ってくれ！」

ルルーシアはゼッドの言葉に首を左右に振り廊下に出てしまった。ゼッドは動くことができず、ルルーシアを引き止められなかった。

すぐにメイドが来て、立たせてもらい着替え部屋へと急いだが、すでにルルーシアは帰宅の途についてしまっており、話をすることができなかった。

『俺はこれまで何を見てきたのだ……』

ゼッドは自分の不甲斐なさに、血が滲むほど下唇を噛んだ。

＊＊＊

イードルは学園から淑女A科の学術カリキュラムとフェリアの成績を取り寄せた。そして、フェリアが紳士A科の生徒たちと比べても上位であることを知った。

フェリアは先日まで王妃教育を受けていた。その上で学園の成績も上位になるほどの実力があるのだ。その実力が才能だけであるとは考えにくかった。

『王子である私でさえキツく感じる事があるのだ。フェリアはどれほど努力してきたのだろうか』

同時に淑女D科のカリキュラムも取り寄せていた。高位貴族子女たちが入学する年齢よりかなり前に学ぶような内容であることを知る。

『学園では淑女D科なんですよ。無理に決まっているじゃないですか』

リナーテの言葉を思い出して、リナーテへ無理を強いたことにも気が付いた。

フェリアの成績が書かれた紙を握りしめ、そこに頭を垂れてギュッと目を瞑った。

フェリアは苦労しているはずなのに、イードルが思い浮かべるフェリアはいつでも優しく微笑んでいた。

『女性は気楽なものだと思ってしまっていた……。気楽な生活なら、人形のような微笑みより、リナーテ嬢のような本気の笑顔の方が良いと思ってしまった。あの笑顔を守るべきだと。フェリアの微笑みが苦労を見せないためのものだとしたら……、その微笑みこそ守るべきだったのではないのか』

イードルはテーブルを何度も何度も叩いた。

＊＊＊

サバラルは学園の帰り道、公爵家に嫁いだ姉に会いに行った。姉はもちろん公爵令嬢として淑女A科を卒業している。

快く迎えてくれた姉に淑女A科の勉強と、それを学ぶ女子生徒たちの心構えを聞いた。これまでのサバラルの予想と異なる話であり、昨日今日見てきた内容と合致する話である。

サバラルはパカンを半口を開いて聞いている。その様子に姉は眉を寄せた。

「まさか、淑女A科を令嬢たちの暇潰しの場所だと思っていたわけではありませんわよねっ⁉」

大人しいと思っていた姉の強い口調にサバラルは仰反った。

「え⁉　あ……それは……」

当たらずも遠からずな指摘にしどろもどろになる。

「去年、わたくしの旦那様は落馬をしてしまい、半年ほどベッドから離れられなくなりました」

姉は目を伏せて真剣な表情で語り始めた。

「し……知っています。その時の姉上のご活躍も聞いております」

姉は学園で学んだ知識を使い、義兄の代わりに領地経営を頑張ったと聞いた。

「ええ。旦那様の代理は楽なお仕事ではありませんでしたわ。ですが、旦那様からなんとか合格点をいただけました」

姉は旦那の言葉を思い出して目元を優しげに緩ませた。

サバラルは姉から、嫁いだ公爵家での危機の話を黙って聞いた。

「サバラル。貴方はわたくしが領地経営を当てずっぽうでやったと思っていたのですか？」

「まさかっ！　そんなことは思っていません。当てずっぽうでできるほど、公爵家の領地は狭くありません」

「そうよ。代行たるわたくしが甘く見られたら、士官たちにも悪影響なの。学園での勉強は簡単ではありませんでしたが、努力しておいてよかったと思いましたわ」

貴族の姉弟なので部屋の行き来は少なく、サバラルは姉が努力している姿を実際に見たわけではないが、姉と母親とのお茶会での話の中から、姉が頑張っていたことはわかっている。だが、姉が頑張っているのは社交面であると思い込んでいた。

「それとも、貴方は努力せず紳士A科についていけるほどの天才ですの？　だから努力が分からないの？」

「やっております！　予習も復習もやっております！　そんなに簡単ではありません！」

「そうですわよね。ですが、A科の生徒は努力することは当然なのです。それが紳士科であろうと淑女科であろうと、ね。高位貴族の位(くらい)をいただいているのですから、それに合った義務もあります。淑女A科の生徒たちはできることを表立って言うことはしません。それが淑女であると習うからです」

「そう……なのですね」

「表立って『やっている』とは言いませんが、伴侶となる者に理解されないことは苦しいでしょうね。わたくしも、もしあの時旦那様がわたくしには任せられないと仰ったら、ショックで倒れてしまっていたかもしれませんわ」

「義兄上(あにうえ)は何と？」

「『領民を頼む』とわたくしに頭を下げられて、わたくしを信じてくださったのですわ。あの事故からは、領地経営についてわたくしにご相談していただくことも増えました。それをわたくしはとても嬉しく思っています」

「僕は何も知らなくて……。ですが、義兄上も紳士A科のご卒業でしたよね？　それなのに、なぜ姉上が領地経営に明るいことをご存知だったのでしょうか？」

「旦那様は婚姻相手をご自身で選びたいと仰り、学園卒業までは自由恋愛をされていたのよ」

「姉上もそうでしたね」

「ええ。わたくしたちは茶会やパーティーで顔見知りでありましたけど、初めてたくさんお話できたのは学園でしたわ。そこでわたくしのことに興味を持ってくださったの。学園の淑女科のお話もよく聞いてくださったわ」

「あ……僕は……」

学園に入学してからは、男子同士の付き合いが楽しくてバーバラと疎遠になっていた。

「貴方は幼い頃から婚約していたから、バーバラの全てを知っているつもりになっていたのね」

あまりに的を射ていてサバラルは瞠目する。

「だけど、お母様は自由恋愛主義。貴方にもバーバラとの結婚を強制していないはず。多くの令嬢から貴方がバーバラを選んだのでしょう？　それはもう、手を離そうともしなかったとお母様から聞いているわ」

姉の真剣な眼差しに身じろぎできなくなっていたサバラルは、頭を懸命に回転させて幼き時の茶会の様子を思い出そうとした。

サバラルの幼少期、公爵家では次期公爵となるサバラルのお披露目を兼ねたお茶会が開かれていた。そこにはサバラルの友人となるだろう高位貴族の少年少女が母親とともに招待されていた。主催であるサバラルの母親の前に次々に挨拶に来た招待客たち。その中で青薔薇の蕾に一目で恋に落ちたのだ。

姉は硬直しているサバラルを見て小さく嘆息する。

「環境が変われば貴方の気持ちも変わるのかもしれないわね。それは仕方のないことなの。自由恋愛ですもの。でも、それならバーバラの手を離してあげなさい。早急に、ね」

「っ！！！　それはっ！」

「何？　まさか自分は家の外で自由恋愛をして、バーバラには家を守れなどと言うつもりなのかしら？」

　感情的に声を荒げるサバラルに対して姉はことさら起伏のない冷静な口調で言う。

「そんなことしませんっ！　僕は、その、最近のバーバラを知らなかったから……」

「それなら、バーバラの学園での様子を、そして努力を知った今はどうするつもりなのです？」

「え？」

　姉にそこを追求されることは予想しておらず答えに窮した。すぐに答えられないサバラルに、姉はため息をつく。

「貴方たちの一つ下に、旦那様の妹、わたくしの義妹がいるのは知っていますね？」

「はい」

「貴方たちの不義は噂になっています」

「なっ!!」

　サバラルは顔を青くした。『不義』と言われているとまでは思い至らなかった。リナーテを可愛らしいし愛しい者だと思っていたことはあるが、イードルに譲ったと考えていたからだ。

「なんでも、中庭で騒ぎを起こして顰蹙を買っているそうね。お母様からも聞いたわ」

　姉はフンと胸を張る。

「貴方は殿下に譲ったつもりかもしれませんが、だからといって貴方の不義の心は周りに知られているのですよ。伴侶になる予定の者に不義な行動をされた挙げ句に、努力も認めて貰えない。そんな者に嫁ぎたいと思うわけがありませんわね」

サバラルは、思わずソファから落ちて床に膝をついて座り込んだ。まさに『バーバラにそう思われたかも』と不安になっていたことだった。

「自分の行動とバーバラの努力をもう一度考え直してみなさい」

「っ！　はい……」

「そうそう。お母様がわたくしの息子二人に会いにいらしたのよ。二人とも優秀だと褒めてくださったわ。そして、二人に『女性を大切にする男になりなさい』と仰っておいでだったわねぇ」

「なっ!!　いつですっ！」

「昨日のお昼間よ。貴方の愚行をお母様からも聞いたと言ったでしょう？　お母様からのお話だけを鵜呑みにはできないと思って、義妹からもお話を聞いたのよ」

サバラルは膝に肘を当てて顔を手で覆った。母親の怒りの具合を改めて感じ取った。

「公爵家の跡取りは貴方だけではない……のよ。うふふ」

サバラルの兄弟はこの姉だけだ。なので後継についてこれまでは不安に思うことはなかった。

『母上はそこまでお怒りなのか……』

「お母様はわたくしが嫁いだ後は、ことさらバーバラを可愛がっておられたもの。ねぇ？」

サバラルには思い当たることがあり過ぎて顔色を青から白に変えた。

姉の目配せで執事が動き、サバラルを立たせた。

「本当は今夜にでもわたくしが実家へ行って、貴方とゆっくりと話をするつもりだったの。そう……ゆぅっくりと、ね。でも、貴方の方からここへ来たということは、少しは反省していると考えて差し上げるわ。貴方のことはお母様にお任せするわね」

執事にサバラルとの話の報告を母親へしてくるように指示する。

サバラルは伝達係の執事とともに、追い出されるように姉の嫁ぎ先から帰らされた。


ルルーシアの涙を見て動揺し、困惑しているゼッドは鍛錬場にも行かず、執事を通して母親に謁見願いをした。すぐに承諾され、着替えを済ませた後、家族用サロンのソファでお茶をすることになった。

「貴方からの誘いとは珍しいわね」

「実は……。俺にはどうしたらいいかわからなくて……」

ゼッドはルルーシアと話したことをしどろもどろに伝えた。

恐ろしくて母親の顔は見ることはできない。母親の膝あたりをジッと見つめた状態で話を進めた。

話も終盤になり、ゼッドはすでにテーブルしか見えないほど項垂れながら話していた。

「それで、ルルーシアが涙を流してまして……。俺には理由もわから……」

バキッ!!!!

ゼッドが話している途中、前の席から物凄い破壊音した。びっくりして頭を上げると、無表情の母親の手元の扇が真っ二つに折られていた。

「わたくしの可愛いルルーシアを泣かせたの?」

「はへ?」

「泣・か・せ・た・の・?」

「わたくしの??」

ゼッドはビビりながらも疑問を投げる。

「そうよ。ルルーシアはね、お前が鍛錬だと言って騎士団に行っている間もここに通い、騎士団に深く携わる家の者になるべく勉強をしていたの。知っていたでしょう?」

目を細めて凄みをきかせる。

「……………………い……え…………」

ゼッドは震えた声で答える。

「はあ?」

無表情が鬼の形相に変わった。

「何度も何度も『ルルーシアが来るわよ』と伝えたわよね？」

「執事に断るようにと……」

勢いよく母親が立ち上がった。折れた扇でゼッドを指差す。

「あんたに会いに来ていたわけじゃないわよっ！　我が家の嫁として頑張ろうとしてくれていたのっ！　そんなこともわからないような奴にルルーシアはもったいないわっ！　あっ！　今はゼルーシアだったわねっ！」

母親はゼッドを睨みつけたまま執事に指示する。

「あれを持ってきてちょうだい」

「ここに」

執事は指示されるより先にゼッドの前に置いた。

「さすがねぇ。気が利くわ」

母親は淑女に戻りスッと座った。

「ゼルーシア。侯爵家の息女として恥ずかしくない仕草を身につけなさい。中央階段の上り下り百回。いってらっしゃい」

母親はヒラヒラと手を振った。

ゼッドの前には、執事によって置かれたどデカいハイヒールがあり、ゼッドは目をしばたかせる。

「素敵でしょう？　王妃陛下に作ったお店を教えてもらって、もう一足あつらえたの。役に立ってよかったわ。早く始めないと寝る時間がなくなるわよ」

ゼッドは呆然としたまま執事に促されるままハイヒールを履き、サロンを出ていった。

侯爵夫人の前に新しく芳しい紅茶が置かれる。淑女らしくそれを取り口に運んだ。

「久しぶりに取り乱してしまったわ」

「奥様は本当にルルーシア様がお好きですね」

優しげに声をかけてきた年配のメイドは、侯爵夫人が幼い頃から仕えていて嫁ぎ先であるこの侯爵家にもついてきてくれた気の置けない仲である。侯爵夫人は家族用のサロンであることもあいまって、ソファに寄りかかった。

「ええ。あのたおやかさの中にある凛とした姿。優しさと優雅さと芯の強さのバランス。まさにあの方のお嬢様だわぁ」

侯爵夫人はうっとりと思い浮かべると、メイドはクスクスと笑った。

「奥様は学生時代から侯爵夫人のファンですものね」

「そうよ。わたくしたちは同じ伯爵令嬢という立場だったけど、彼女は輝いていたわぁ。彼女はファンから『カラーの乙女』って呼ばれていたのよ。緑の御髪に白い肌。伸ばされた背筋に、浮かべる微笑。優しげな笑い声とスッと耳に届く声。どんなことにもきちんと自分の意見を持っていて、それを述べる胆力と知識。しかしそれらを押し付けることもなく、他者への配慮や耳を傾けることを疎かにしない。本当に素晴らしい方なの」

侯爵夫人は学生時代に戻った乙女のように瞳を輝かせたうっとりとしていた顔をしたが、次の瞬間、顰めさせる。

「彼女の娘をお嫁さんとして迎えられるなんて、なんて幸せなのかしらと感激していたのよ。それなのにっ！」

ポスポスポス

侯爵夫人はゼッドを思い出してクッションを殴った。

「あちら様はなんと？」

「ルルーシアの判断に任せると仰っているの。『ルルーシアは己をしっかりと持っているので大丈夫ですよ』ですって。嫁いでも、親になっても凛として堂々とした姿は変わらないのよぉ！　本当に素敵な親子なの」

「まあ！　それはそれは素晴らしい方々とご縁を持てたのですね」

「ご縁が持てるかどうかはあのおバカ次第よっ！　本当に癪に障るったらないわっ！」

侯爵夫人は再びクッションを殴る。その手をクッションの上で止めた。

「でも、ルルーシアが涙を見せたのなら、まだ可能性はあるかもしれないわね」

「そうですね。期待と情があったからこそ、耐えきれず涙なさったのでしょうから。それにゼッド坊ちゃまに少しはお心を赦していらっしゃるということでしょうし」

真顔で頷きあう二人。

「そうよね。だけどあのおバカにはそんなこと教えてあげないわ。図に乗りそうだもの。それにしても、ルルーシアが家の外で泣くなんて余程よね」

「それに関して、ルルーシア様には淑女としてご注意申し上げるのですか？」

淑女なら外で涙を流すなどあってはならないことだ。

「まさかっ！　ルルーシアはまだ十七歳なのよ。淑女見習いとしてとてもよくやっていると思うわ」

「ふふふ。そうですね。お嬢様が学生の頃はもっとヤンチャでしたものね」

メイドは思い出して楽しそうに笑う。

「もう！　お嬢様呼びなんて恥ずかしいわ」

「お外ではいたしませんよ」

侯爵夫人はぷぅと頬を膨らませた。

「淑女がお留守になっておいでです」

「わたくしもお外ではしません。あの頃だってお外ではヤンチャではなかったでしょう？」

二人は目を合わせて笑う。侯爵夫人は紅茶を口にした。温くなってしまっているが、本来はこれが侯爵夫人の好みであることを知っているメイドを咎めはしない。

「ルルーシアなら、学園を卒業する頃にはわたくしよりずっと素敵な淑女になっているわ」

侯爵夫人は今日一番の優しげな微笑みを浮かべる。

「いえいえ、奥様も大変立派な淑女でございますよ。ルルーシア様も素敵な淑女となってご卒業されるでしょうね」

メイドも目元を下げた。そしてポットの中の温い紅茶を注ぐ。茶葉はとうに取り出されており、苦さも香りも侯爵夫人の好みになっている。

「ルルーシアを無事に迎えるためにも、バカ息子が二度とルルーシアに栯突かないように締め上げなければ！　ねっ！　きっかけは侯爵夫人への憧れだけど、今ではルルーシア自身をとても気に入っているものっ。絶対にうちのお嫁さんになってもらいたいわっ！」

侯爵夫人は拳を握りしめた。

それから侯爵夫人はわざとゼッドを無視して、食事や湯浴みを済ませて寝てしまった。ゼッドは夕食も取らずにひたすら階段の上り下りをした。足にマメができて歩けなくなる頃には夜中になっていた。

「女性たちはこんなことを幼い頃からやっているのか。騎士の鍛錬ほどに厳しい……」

大きな誤解のあるゼッドであったが、誰もそれを否定も修正もしない。メイドたちも執事たちも侯爵夫人の意図を大変良く理解しているので、寧ろその誤解を持ったままでいてくれることを望んでいた。

＊＊＊

イードルとサバラルも母親たちから指導を受け、その後メイドたちからもみくちゃにされ、自分への失意と淑女教育の疲労でベッドへと沈み込んだ。


この日は模擬のサロンお茶会である。サロンでのお茶会は二人から五人で行われることが多い。

今回は、もてなし役バーバラのテーブルにイードルとサバラル、もてなし役ルルーシアのテーブルにフェリアとゼッドが座った。

「私もフェリアとのお茶がよかった」

完全に不貞腐れた様子のイードルにフェリアは笑顔のまま答えた。

「まあ、イードル殿下。婚約を考え直している最中のイードル殿下とわたくしが二人でお茶を楽しむことはありえませんわ」

笑顔なのに言葉の内容がエグい。イードルはワンパンノックアウト！　腰掛けたまま、しおしおと項垂れた。

「それにお茶会の席でそのようなお顔は主催者様に大変失礼ですわ」

イードルは素直にぎこちない笑顔を作った。

「イードル殿下。お気遣いありがとうございます」

イードルのテーブルのもてなし役であるバーバラが軽く頭を下げる。

「バーバラ。君が気にすることではないよ。僕だってバーバラと二人がよかったよ」

サバラルがニヤリとしてイードルを見るので、イードルの笑顔は消えかけて引き攣った。

「あら？　サバラル様。わたくしたちも保留中ですわよ。公爵夫人――サバラルの母親――のご様子をご覧になればおわかりになるかと思いましたのに」

サバラルは一瞬にして蒼白となった。サバラルとバーバラの婚約期間は長い。バーバラはサバラルの母親である公爵夫人にとても気に入られており、これまでは『お義母様（かあさま）』と呼んでいた。それが『公爵夫人』呼びに変わっている。

イードルが嬉しそうに笑顔を見せたが、さすがに下を向いて隠した。

その会話をキョロキョロと心配そうに見ているゼッドにも災難が降りかかる。

「ゼッド様。わたくしたちもですわ。侯爵夫人にはしっかりとご理解いただいておりますでしょう？」

サバラルとゼッドは母親たちの態度から考えは充分に理解しているし、これまで不安に思っていたことをはっきりと言われて、どっぷりと気落ちした。

「そろそろ始めてください」

教師から声がかかり、それぞれのテーブルで模擬のお茶会が始まった。

バーバラのテーブルには可愛らしいクッキーと一口サイズのカップケーキが用意されている。メイドがティーセットを持ってきて、バーバラ自らお茶を淹れた。

イードルとサバラルは気持ちを切り替えてお茶を口にする。少し渋めのお茶だった。

「うふふ。では、お菓子をお召し上がりください」

それは甘めで、渋めのお茶との相性がとても良かった。イードルとサバラルは絶賛する。

「喜んでいただけてよかったですわ。今日のお菓子はわたくしが作りましたの。最近の流行は手作りのお菓子と主催者自らがお茶を淹れることですのよ」

「え!?　バーバラはお菓子作りができたの？」

サバラルは、バーバラのプライベートなことで知らないことはないと自負していた。二人の付き合いはそれほど長い。なので驚きはひとしおだった。

そう考えてから、『最近のバーバラについて』は知る努力を怠っていたことを姉に指摘されていたことに思い当たった。

「いえ、始めたばかりですの。最近やっと料理長からお客様にお出ししてもよいと言われましたのよ。本当は最初に食べていただきたかった方がいらしたのですが……」

バーバラは悲しげな笑顔で少し俯いた。サバラルは笑顔も忘れて泣きそうな顔でバーバラを見つめる。

イードルは先程、ほくそ笑んだ気持ちが消えてなくなり、サバラルとバーバラをハラハラした気持ちで交互に見ていた。

「わたくしったら、主催者ですのに、ごめんなさい。代わりにフェリア様とルルーシア様とリナーテ様が美味しそうに食べてくださいましたの。皆様とのお茶会はとても楽しかったですわ」

バーバラが笑顔を作った。

サバラルは一番に食べられなかったこと、食べるに値しないと思われたことにショックを受けていた。

イードルにはバーバラの笑顔が寂しそうに見えた。

「バーバラ嬢。ここでは無理に笑わなくてもよいぞ」

「いえ。イードル殿下。これは授業ですのよ。主催者として笑顔でもてなすレッスンですわ。お客様にそう言われるようではまだまだですわね。精進いたしますわ」

「そうか。では、バーバラ嬢お手製のクッキーをもう一ついただこう」

「はい！　是非召し上がってくださいませ」

イードルとバーバラが雰囲気を良くしようと頑張っている間も、サバラルは視線を上げることができなかった。そのうえ申し訳ないと思う気持ちから、バーバラのお菓子に手を伸ばすことができなくなったサバラルを見たイードルは、ほくそ笑んだことにほんの少し罪悪感を感じていた。

ルルーシアたちのテーブルには王都で買えるお菓子が並んでいた。ルルーシアがお茶を淹れる。

「最近はお菓子をお手製にすることが流行しておりますが、わたくしにはどうやら才能がないようですの」

ルルーシアが恥ずかしそうに笑う。フェリアとゼッドはお菓子と紅茶を口にした。お菓子はとても美味しかった。

「ルルーシア様。とても美味しいですわ。こちらはどちらのお菓子ですの？」

「王都の最西にあるノータムという菓子店のものですわ」

「まあ！　ここから馬車で一時間以上かかるではありませんか。そのような離れたお店をよくご存知ですわね」

「情報収集はしておりますから」

「情報収集力とすぐに取り寄せよと動ける行動力はさすがですわ」

「情報は……」

ルルーシアは何かを言いかけて一度止め、視線を少し落とす。小さく息を吐いてからフェリアと目を合わせて笑顔を見せた。

「情報は何に関しても大切ですから」

ゼッドはルルーシアが言おうとしたことに思い当たった。以前、騎士団においての情報の大切さとそれを元にした判断についてゼッドがルルーシアに熱く語ったのだった。

「それならば、わたくしも情報を活かせるように鍛錬していかなくてはなりませんね」と、その席でルルーシアが言ってくれたことを思い出していた。

『ルルーシアはそこまで言ってくれていたのに。母上との茶会にも来てくれていたようだし、母上から指導を受けていたのかもしれない。本当に俺は馬鹿だ』

ゼッドが俯き思案している。

「この情報はゼッド様のお母様であられる侯爵夫人から伺ったのですわ」

「えっ⁉　母上から？」

ゼッドは情報の扱い方はゼッドの母親から習っていそうだとは思ったが、情報源まで母親だとは思いもしなかった。

知らなそうなゼッドにルルーシアはキョトンとする。

「侯爵夫人が他国へと行き来する商団をお持ちなのはご存知ですわよね？」

「ああ。母上が子飼いにしている商団があることは知っている」

ルルーシアは眉を顰めながら声を小さくした。

「ただの子飼いではありませんわ。頻繁に国外へ赴かせて情報を得ているのです。特に情勢の厳しいトステ王国へ行かせているのですわ。トステ王国は西側の隣国ですから、そちら方面の情報がよく入ってくるのです」

ゼッドは目を丸くした。

「フェリア様。今のお話はここだけのお話。ご内密にお願いいたしますわ」

「わかりましたわ。それにしても侯爵夫人はさすがですわね」

「ええ。とても素晴らしい淑女ですの。知識も行動力もおありになって、教わることも大変多かった。

……のですが……」

ルルーシアはフェリアに向けて淋しげに笑う。

ゼッドは再びガクリと俯いた。

復活しそうもないゼッドをよそに、フェリアとルルーシアは王都のお菓子店の話をした。時折心配そうにゼッドを見るルルーシアをフェリアは指摘することはなかった。

茶会から着替え部屋に戻ったイードルたちはソファに腰掛けた。イードルが一人用、二人は長ソファに腰を下ろす。ドレスやパニエに慣れてきた三人は自力で座ることができているが、ここにはメイドの目しかないのでこれでもかとパニエを上げて腰を落ち着かせるように座った。

「この姿にも慣れてきたつもりだったが、茶会の椅子は疲れたな」

イードルの愚痴に二人も大きく頷いた。

『私達がお茶やお菓子を手元まで運んだからお茶を飲むことができたんじゃないっ！　慣れてきたって言うなっ！』

メイドたちは心の中で罵った。もちろんこれも母親たちへ報告が行くことになっている。

「「「お茶会の話を聞きましたよ。どれ？　成果を見せてもらいましょう」」」

報告を受けた母親たちはそれぞれ更に厳しく対応し、イードルたちは自分の甘さを反省した。

＊＊＊

別の日の朝。フェリアたちは着替え部屋へ入室すると、感嘆の声を上げた。

「皆様。素敵なドレスですわね!!」

「ええ。本当に！」

「ストールの刺繍が素晴らしいですわ」

イードルたちは多少デザインが異なるものの、三人ともノースリーブドレスに着脱可能なストールを羽織っていた。ドレスに留められているので勉強に差し障りはない。

「もしかしてっ！　このドレスのためにあれをされたの⁇」

サバラルが声を荒げた。

「あれとは何ですの？」

「これっ‼」

サバラルがバッと腕を上げる。サバラルの脇の下が顕わになった。

「昨夜、浴室のベッドに拘束されて毛抜で抜かれたんだっ！　めちゃめちゃ痛かったんだよっ！」

思い出して泣きそうな顔をしたサバラルの脇の下はキレイにツルツルだった。

「私は切られてから糸のようなもので抜かれていった……」

「俺はハチミツの匂いのするものを塗られて、マッサージのオイルかと思ったら……」

イードルとサバラルは顔を顰めるゼッドに注目した。

「なぜかそれが固まって。それを一気にバリッと……」

ゼッドは家中に響く悲鳴を上げたことや、その際の痛みを思い出して両脇を手で擦る。もちろん毛はない。

イードルとサバラルはその様子を想像して、目を見開いて歯をむき出して食いしばる。

「ワックスですわね。ワックスなら時間が短縮できて楽ですわ」

「ヒリヒリして大変だったんだっ！」

ゼッドは首を横に振ってルルーシアの『楽』という言葉を否定した。

「すぐに慣れます」

「頻繁に行えば大した痛みもありません」

フェリアとバーバラも涼しい顔で答えた。

「このような形のドレスにしなければこんなことせずとも済んだんじゃないの？」

サバラルが恨めしげにバーバラを見た。

「ドレスについては、サバラル様のお母様であられる公爵夫人がすべてご用意してくださっているので、わかりかねますわ」

「母上が!?　どうして？」

「公爵夫人は女性向けの商会を経営なさっていらっしゃいますもの」

「え？　それって出資しているだけじゃないの？」

バーバラは瞠目した。

「違いますわ。衣服は生地やデザインを確認なさいますし、美容品は質の確認もなさいます。そうやって社交界の流行を牽引なさっているのですわ」

「「「はあ⁈」」」

イードルたちはきょとんとして首を傾げた。フェリアたちは扇の向こうで口を開けた。

『『『女性のことはこんなにも知られていないものなのね……』』』

気を持ち直して、ルルーシアが説明した。

「公爵夫人は王妃陛下と情報交換や意見交換をなさり、流行を作っていくことで経済を動かしているのです。輸入に関してゼッド様のお母様も関わっておいでです」

そのような話は初耳で三人とも固まる。

「そちらのストールはトステ王国の刺繍布だと聞いております。経済的にやりとりすることで友好の一助としているのですわ。つまりは外交の一部です」

「道理で見たことのないものだと思いましたわ。我が国のストールは刺繍のないものが主流ですもの」

「ええ。この肩から背に向けてデザインが変化しているところが素敵ですわね」

フェリアたちはイードルたちの後ろに回りストールのデザインを興味深く見始めた。

「流行を作る……？」

「経済を動かす……？」

「外交の一部……？」

イードルたちは顔を歪ませて悩んでいた。

自分の母親たちが着飾ることは仕事だとは知っていたが、それは外交部から与えられているものを広告塔として身につけていると思っていたのだった。それらを選んだり作ったり、輸入量を考えたりすることまで女性である母親たちが担っているとは知らなかった。

「流行にも意味があるのですよ」

フェリアとバーバラとルルーシアはいつの間にかイードルたちの前に戻っていた。

フェリアが真剣な眼差しで話し始めた。

「昨今、流行っている枕はこの国の南部の綿花を使ったものです」

「それは知っている。王妃陛下が良い綿花があるのだと喜んでいたからな。見つかって良かったと思ったよ」

「違います。見つかったのではなく、侯爵夫人に『南部の経済を活性化させるものはないか？』とお聞きになり、侯爵夫人が商団を赴かせ調べてくださったのです」

ルルーシアは未来の嫁として侯爵夫人とお茶会を何度もしている。

「そしてただの綿の枕では流行になりませんので、ポプリを入れることをお考えになったのは公爵夫人です。わたくしはそのポプリの量や質の研究にご協力させていただきましたわ」

バーバラも公爵夫人とお茶会をよくしている。

「おかげで、綿花だけでなく、南部の生花を使ったドライフラワーの生産もすることになり、南部は経済危機を脱することができたのです」

フェリアは王妃教育の一つとして南部の危機について王妃陛下と意見交換をしていた。

「まさ……か……」

イードルたちは『枕』が南部の製品であることも、それで経済危機が免れたことも知っていたが、それが淑女たちによって作られたものだとは知らなかった。

「たまたま入ってきたものが流行してよかったよかった」と考えていたのだ。

「流行は勝手に起こるものではなく、経済のために起こすもの。例え流行を作る側でなくとも、高位貴族の淑女としてそれを敏感に感じ取り、協力する能力は必要ですわ」

「一つ二つ買って喜ぶ者は情報収集能力なしと思われますわね」

「我が家も四、五十は購入しましたわね」

フェリアたちはコクコクと頷いた。

サバラルとゼッドは確かに使用人全員に配る母親を目にしていた。イードルは気にしていなかったがその話が本当なら王城住みの文官たちにも配られているだろう。

『脇毛抜きが痛い』という愚痴のはずが、思わぬ形で淑女たちの仕事を知ることになったイードルたちであった。

第三章

別の日にはダンスのレッスンがあった。女子生徒の半数が乗馬服に着替えをしていた。

「なぜ乗馬服を来ているのだ？」

凛々しい乗馬服姿のルルーシアにゼッドが瞠目し見惚れていた。

「男性パートを担当するために乗馬服を着ているのですわ。週に一回のレッスンがありますので、週毎に男性パートと女性パートを代えるのですよ」

『ああ……。ルルーシアと乗馬を楽しめたらどんなに幸福であろうか』

ゼッドは心ここにあらずで呆けている。

「息抜きのようなお勉強時間ですわ」

フェリアが補足するがゼッドの耳には届いていない。

淑女A科は『ダンスはできて当たり前』なので週一回の授業である。

「え！　淑女科は皆、男女パートが踊れるのか⁉」

イードルの声が少し大きくなり、ゼッドは我に返った。

「うふふふ。まさか、そんなことはございませんわ。淑女A科の二クラスだけですわよ」

イードルの驚き顔を見たフェリアはついつい笑ってしまった。

「わたくしたちは時折、他の淑女科のクラスのダンスレッスンに紳士役でお手伝いに参りますの。

シャドーレッスンより上達できるそうですわ。紳士科はどうなさっておりますの？」

「シャドーレッスンが主なんだよ。時々夫人会の皆様がいらしてくださるんだ」

バーバラの質問にサバラルが答えた。

「そうでしたのね。同じ学園内で学んでいても紳士科と淑女科では知らないことも多いのですね」

ルルーシアの指摘はまさに三人が淑女科に来てから苦悶したことである。

イードルとサバラルとゼッドは暗い顔をした。

「お三方。笑ってくださいませ。淑女は笑顔が必須ですよ」

フェリアの言葉とともにバーバラもルルーシアも笑顔を見せた。

『やはり頑張って笑っていたのだな』

イードルはここ数日の考えが正しかったことに悲しくなったが、必死に笑ってみる。しかし、やはり上手くは笑えない。

サバラルとゼッドも目は悲しげであったが必死に笑ってみるが上手くは笑えない。

三人は自分自身がとても情けなく、余計に悲しくなっていた。

「では、わたくしたちはダンスのレッスンにまいります。皆様はマナーの先生がいらしてくださっておりますので、そちらのレッスンをなさってくださいませ」

フェリアを待っていた乗馬服の女子生徒がフェリアに手を伸ばせば、フェリアは向日葵のような笑顔でその手を取る。

バーバラと乗馬服のルルーシアも手を取って笑顔でダンスフロアーへと進んでいった。

「はいはい！　皆様はこちらですよ」

マナーの教師に呼ばれてダンスフロアーの端へと行く。

「まずは歩き方です」

「「「！！！」」」

この数日でハイヒールに慣れてきたつもりの三人は、馬鹿にされていると感じた。だが、それも五分後には馬鹿にされたわけでも冗談なわけでもないと思い知る。

「はいっ！　下を見ないで」

「背筋が曲がりましたよ」

「足さばきを丁寧に。スカートの動きが優雅ではありませんね」

注意をされるたびにヨロヨロとする三人は、二十分ほどで肩で息をするようになった。ドレスにも歩くことにも慣れてきたつもりの三人だったが、教師に言わせれば、華麗さも優雅さも威厳も備わっていないのだ。

「ゼッドさんはさすが騎士団で鍛えていらっしゃいますね。でも、動きはよくなりましたが、優雅さや清楚さが感じられません。歩き方だけならギリギリ淑女D科一年生といったところですね。イードルさんとサバラルさんは彼女たちの十歳時以下です」

教師は踊っている『彼女たち』を目で示した。自分たちへの評価に落ち込む。

「では、少し休憩をいたしましょう。あちらの椅子で休んで結構ですよ」

壁際に用意されていた丸椅子まで歩く。ゼッドはハイヒールのコツを掴んだらしくスタスタと歩いた。階段の上り下りの訓練が良い方に作用している。イードルとサバラルは疲れから足腰がガクガクしてメイドに手伝ってもらいながら歩いた。


椅子へと向かうイードルたちに教師から声がかかる。

「ゼッドさん！　優雅にっ！」

教師に後ろから声をかけられ、ゼッドはビタッと立ち止まる。姿勢を正して再び歩き始める。

「ふぅ……」

直しても優雅には見えないゼッドに教師はため息を漏らした。

イードルたちが丸椅子まで辿り着くと、メイドが水を用意してくれていた。丸椅子に腰掛けて休憩しながらそれを飲み、フェリアたち淑女A科一組のダンスを見ていた。

一息つけたイードルたちは改めてダンスフロアーを見渡す。

十組の女性ペアが優雅に可憐に楽しげに躍っていた。

「……男性パートも我々より上手くないですか？　丁寧だし……」

サバラルはフロアーに目を向けたまま不安そうに尋ねた。

「さすがに私は勝てていると思う」

腐っても王子様イードルは自慢気というより安堵している様子である。

ゼッドは青くなっていた。

『『なんだあの足捌きはっ！　ハイヒールでどれだけ動いているというのだ！』』

普段のパーティーであれば、淑女の足に注目するなど紳士として許されることではないし、そもそもスカートに隠されて見えない。

だが、歩くレッスンをした三人はスカートが楽しげに揺れているのを見て、少しは見えない足元を想像することができるようになっている。

乗馬服で男性パートをしている女子生徒たちも華麗にステップを踏んでいるが、彼女たちの足元もハイヒールである。

『革靴でもあそこまでは動けない……。踊れる女性には物足りないのかもしれない』

『リードって本当はすごく大事なのかも？』

『ま……ず……い……』

自分のエスコートに反省しきりであった。

しばらくの間、三人は口も利かずにそれぞれの婚約者に魅入っていた。

『フェリアはなんと優雅なのだ。私がフェリアのエスコートをして一緒にダンスを楽しみたい。いつもファーストダンスしか踊れないのだ。その一曲を大切にすべきであった。フェリアの手を取っている者が女性でよかった』

イードルはこれまでのパーティーでは義務的にファーストダンスをフェリアと躍っていた。その後はそれぞれに分かれて社交に勤しむことが仕事だ。これは王子として、王子の婚約者として、致し方がないことなのだ。

王子とその婚約者のファーストダンスとして充分に周りを満足させるダンスを披露してきたが、フェリアを楽しませられたとは言い難かった。

『バーバラはまるで妖精のように軽やかに踊るんだな。僕のエスコートは型通り過ぎなんだ。もっと自由に遊ばせてあげればよかった。なんと可愛らしい！　羽が見えるようだ』

『ルルーシアのリードは見事だ。相手を思いやる気持ち、相手を引き立たせる気持ち、相手を楽しませる気持ちがよく表れている。俺はそういう気持ちを持ってルルーシアをリードしてあげられていない男役として完全にルルーシアより俺は劣っている……まずい……ぞ……』

三人は硬直のため無表情で呆けていた。

「はい！　そろそろ休憩はお終いです。あちらへいらしてください」

教師についていくとダンスフロアーの一角に丸テーブルと背もたれのある椅子が用意されていた。

三人はレッスン内容が思い浮かび、気が遠くなる。

「皆さん、歩くレッスンはお疲れのご様子ですので、椅子を使ったレッスンにいたしましょう。淑女の立ち座りのレッスンですわ」

爽やかに笑った教師に三人の頬は引き攣った。

「はーいはい！　そのようなお顔はダメですよぉ！　淑女は笑顔！　忘れないでください」

三人はピクピクさせながら口角を上げたが、目は全く笑っていなかった。

『『『笑顔って難しい!!』』』


普段はできるだけにこやかにしているイードルでさえ、自然な笑顔とは言い難かった。イードルはにこやかにいることを心掛けているだけで、不機嫌を隠す必要のない立場だ。引き攣ってしまうような事があった時に笑顔を作る訓練はしていない。

サバラルは日頃からポーカーフェイスを装っている。そうしていれば余計な声を掛けられないからという理由からだったが、そうやって人を避けていたので表情を作ることに疎い。なかなかの小心者なので顔に出やすく、ポーカーフェイスを保てているると思っているのは本人だけだ。だが、出てしまうことと作ることとは大違いである。

ゼッドは騎士団関係者だからか、美男子のくせに厳つい顔に憧れており、日々眉を寄せて過ごすようにしていた。時には笑うのも耐えているほどである。

「ふぅ。まさか立ち座りのレッスンの前に笑顔のレッスンが必要だとは思いませんでしたわ。今、鏡を用意いたします」

不気味な笑顔の三人はコクリと頷く。

それから、用意されていた椅子に座り、手鏡の中の自分にゾッとしてしまっていた。教師に頬をツンツンとされて口角をキュッキュッと指で上げられながら、笑顔に悪戦苦闘する三人であった。

ダンスレッスンの日の夜、サバラルはいつものようにメイドにもみくちゃにされた後、布団に潜り込む。

早く寝たいにも関わらず、なかなか深く眠れない。

なぜなら、可愛らしい青薔薇の妖精バーバラが目の前をキラキラと踊り回るのだ。そして、ふと振り返り青薔薇の笑顔を咲かせサバラルに呟く。

「婚約は保留ですわ」

サバラルはハッと目を覚ます。こうしていつまでもいつまでも眠りと覚醒の間で漂っていた。

「バーバラ……僕は君が妖精だって知っていたのに……」

『バーバラ！　花の妖精さん！　僕と手を繋いでくれる？』

サバラルは幼い頃、バーバラと庭を散歩することが大好きだった。クルクルとはしゃぐバーバラがあまりにも可愛らしく、サバラルは誰にも取られないように手を繋いでいた。

＊＊＊

バーリドア王国は大きな大陸の中の一部であり、その大陸には大陸共通語がある。そして、この国の隣接国は三ヵ国である。

淑女A科には、大陸共通語と選択外国語の授業がある。選択外国語の授業は淑女A科の一組二組合同となり三クラスに分かれる。

今日は選択科目の日であり、それぞれの婚約者と一緒に行くことになった。

フェリアは隣国オミナード語を選択していた。バーバラとルルーシアは別の国の言葉を選択している。

フェリアのクラスは十四名。七名に分かれてテーブルにつき、会話を中心に授業が進められていく。

イードルとフェリアは違うグループにした。二組の生徒はまだ来ていなかった。

「フェリア様はオミナード語が完璧でいらっしゃるので先生に一グループを任されておりますのよ」

「本当に流暢で素敵ですの」

両隣の女子生徒がイードルに説明してくれた。二人共フェリアと同じ一組に所属している伯爵令嬢である。そこにちょうどフェリアが通りかかる。

「わたくしだけではできませんわ。ナーシャ様、アネット様のご助力をいただいているのでできているだけですわ」

公爵令嬢ナーシャと侯爵令嬢アネットはフェリアと幼馴染みの、語学が得意な優等生である。

「そうか。ナーシャ嬢は昔から他国の文化に興味を持っていたからな。アネット嬢は商売が好きだと言っていたな」

イードルも高位貴族令嬢であるナーシャとアネットとは顔なじみであった。

「フェリア様もナーシャ様もアネット様も三ヵ国語全てが完璧ですのよ。ですから、交代で他のクラスに講師に行かれるのです」

「本当に素晴らしいのですわ」

伯爵令嬢たちはフェリアたちを褒めちぎった。

「それは面白いシステムだ。それならどの国の言葉も忘れなくて済むな。私も紳士科に戻ったら取り入れてみよう」

「まあ！　イードル殿下は三ヵ国語がお出来になりますのね！」

イードルがフェリアたちの授業システムに感嘆していると、フェリアの後ろから甲高い声が響いた。

二組の女子生徒たちだ。淑女科は成績順で一組から振り分けられている。淑女A科二組は一組よりはレベルが落ちる。雰囲気もまるで違うと言われている。

イードルが振り返ると、学園で着るには少しばかり派手な装いの四人が立っていた。フェリアは三歩ほど進んでから振り返り、イードルの少し後ろに立った。

「クラリス嬢……」

二組の令嬢たちの先頭に立ち、顔を上げて微笑むのは、公爵令嬢クラリスだ。

クラリスはイードルの婚約者候補の一人であった。お茶会などでそれはそれは積極的にイードルに纏わりつき、イードルは辟易していた印象が強い。クラリスは勉強が好きではないことが災いして早々に候補者から外された。

それでもなぜか自分に自信たっぷりで、イードルとフェリアの中庭事件をチャンスだと思っている。

「イードル殿下。それならばわたくしどもに是非ご指導してくださいませ。あちらのテーブルでグループを作りましょう」

話をしていない二人がイードルの両腕を取りに来た。一人はイードルとフェリアの間に入り込む。

イードルはそれを軽くあしらった。

「気軽に触れるのは止めてもらおう。私には婚約者もいることだしな」

「あら？　婚約破棄したと聞いておりますが？」

扇の奥でニヤリと笑いフェリアを見遣る。

「わたくしは席に戻りますわね」

フェリアはその女子生徒を完全に無視して自分のグループのテーブルの席へついた。

「婚約破棄はしていない。考え直してもらうためにこうしてフェリアの受けている授業を見学しているのだ。淑女A科の様子を知りたいので先生の指導するテーブルで学ぶ」

「それならば」

目を嬉しそうに三日月にすると、クラリスの取り巻き三人が、イードルの両隣にいた三人を無理矢理立たせた。クラリスが公爵令嬢であるので抵抗はできなかった。

「クラリスさん！」

そこへ教師が入室してくる。

「貴女方は語学が得意ではないのです。わたくしの隣にお座りなさい」

教師はわざとイードルと一番離れた席に座り、その両隣二つずつにクラリスたちを座らせた。

クラリスたちに立たされた一組の生徒は再びイードルの隣に座る。

「庇（かば）いきれなくてすまない」

イードルが俯き加減で呟いた。

「いえ。フェリア様に、こういうこともあるかもしれないと言われておりましたので、大丈夫ですわ」

伯爵令嬢たちは笑顔で答えた。教師の態度を思えば、フェリアは教師にも一言お願いしてくれていたのだろう。

『フェリアはそこまで気を回してくれていたんだな。状況判断も気配りも素晴らしい』

課題が決められ、それに合った会話をしていく。クラリスは語彙も少なく、発音も悪い上、文体も理解していないようだった。

「クラリスさん。貴女は王子妃候補者だったのでしょう？　そうならなかったのはお勉強嫌いが原因となったのではなくって？」

クラリスは苦虫を噛み潰したような顔をした。勉強が嫌いで候補者から落とされたことを少しは自覚している。

イードルは内心で焦った。

『そうか……。父上も母上も、そしてフェリアも普通に語学ができるから王族になるのならできて当たり前だと思っていた。語学は勉強しなければできないのだったな』

フェリアはイードルの婚約者として王家のパーティーに何度も参加している。他国の招待客との会話も流暢である。

「イードル殿下の婚約者になっていたら勉強しておりましたわ」

そして、顔をパッと変えてイードルを見つめる。

「イードル殿下！　今からでもわたくしを婚約者にしてくださいませ。そうすれば、わたくしも一生懸命お勉強いたしますわ」

『『しないでしょうね。絶対に』』

クラス中がそう思った。


イードルは「これから努力する」というクラリスの言葉にキョトンとした。

「フェリアは婚約前から大変よくできていた。王子妃教育では応用しかしない。このような日常的な会話ではなく、経済用語や政治用語を学んでいる」

イードルとフェリアが婚約したのは学園入学の三年前、十三歳の時だ。

「っ!!」

「「「まあ！　フェリア様！　ステキですわねぇ！」」」

クラリスは絶句し、クラリスに退かされかけた三人の伯爵令嬢が声を揃えて感嘆の声をあげた。

「そうでなければ、先生もフェリアに講師役を任せたりしないだろう」

「フェリアさんは入学してすぐに講師役となりました。クラリスさん。語学というのは一朝一夕でできるものではありませんのよ」

『そうだな。フェリアは私との婚約前から淑女としての勉強をしていたのだ。語学などその一部に過ぎない。どれほどの努力をしてきたのだろうか……』

イードルはまた一つ特級淑女の凄さを理解した。

苦々しい顔を隠そうともしないクラリスに、先日マナー講師に笑顔を習ったばかりのイードルは、顔を笑顔のままで内心で驚いた。

両隣を見ると一組の伯爵令嬢三人は笑顔である。その彼女たちに小声で質問する。

「淑女は笑顔でなくてはならないのではないのか？」

「クラリス様は基本的に自由なお方でいらっしゃいますから」

『つまりは我儘だということか。淑女にもランクがあるのだな。特級淑女とはどれほどの高みであるのだろう』

イードルは自分がならなければいけないもの、フェリアが目指しているものを考え、気が遠くなるのを感じながらも笑顔を貼り付ける。

『そうだ！　フェリアのためにもここはクラリス嬢と険悪になってはいけない！』

「クラリス嬢は茶席でのマナーは完璧だったではないか。つまりはやればできるのだろう」

イードルは婚約者候補者と何度か茶会をしていた。

イードルにフォローされたクラリスは喜色満面で頷く。

「ええ！　そうなのですわ！」

「淑女の皆さまは幼い頃から努力していて素晴らしいと思う。特にここにいる淑女たちはこれからもきっと弛まぬ努力をして特級淑女になってゆくのだろうな。私も負けないように努力していこうと思うよ」

「もちろん、努力は怠りませんわっ！」

『あら？　そのお言葉、これほどの証人がいるのですから、くつがえせませんわよ』

イードルをキラキラした瞳で見つめるクラリスは教師がほくそ笑んだことには気が付かなかった。

＊＊＊

「この国一番の友好国がオベリア王国なので、バーバラはオベリア王国の語学を選択しているそうです。我が宰相家にもよくいらっしゃるのもオベリア王国の方々なのですよ」

サバラルは嬉しそうに報告する。

「ルルーシアはトステ王国ともっと仲良くなりたいそうだ。選択科目はそのために選んだと。他国との争いを減らし、自国の治安に力を注ぐべきだと言っていた。騎士団のこれからを考えてくれているんだ」

ゼッドは真面目な顔で頷きながらルルーシアを褒める。

「フェリアは三ヵ国語が完璧なんだ。なんて頑張り屋なんだろう」

イードルはフェリアを思い出してうっとりとした。

ここは王城のイードルの執務室。ソファーでお茶をしながら、自分の婚約者自慢をしていた。


こうして一週間。彼らは学園では淑女A科の授業を受け、自宅では母親から淑女教育を受け続けた。

一週間もすると三人の振る舞いはなかなか様になってきていた。元々王族と高位貴族として高等教育を受けているので気品のあるふるまいは苦ではない。

とはいえ慣れてきたと言っても特級淑女には程遠い。

イードルは座学は良いのだが刺繍や姿勢はいまいち。サバラルは刺繍はまあまあ。ゼッドは歩きもない。


座位も姿勢は良くなった。

とはいえ、フェリアたちの十歳時程度である。このまま十年ほど学べば上級淑女になれるかもしれない。

週末の休日。イードルの執務室にノック音が響く。交代で出勤している側近の一人が対応する。

イードルの許可を取ることもなく入室を受け入れた。

「イードル。やらかしているらしいじゃないか」

美しい顔を吹き出してしまいそうな程緩めた青年が、イードルが仕事をしている執務机に近づいてきた。

イードルと似た顔立ちだが、目は垂れ目でイードルより白っぽい金髪の青年だ。

「おお！　その姿が我が国唯一の王女様のお姿かっ！」

青年の冗談にイードルは顔を歪ませる。

「ボイディス。私をからかうためにわざわざ帰国したのか？」

「その通りさ。イードルが俺の女神を手放すつもりだと聞いたんでな」

王家の血縁の証である金髪碧眼眉目秀麗なボイディスは、辺境伯に婿入した王弟の息子でイードルと同い年。イードルに兄弟がいないため、第三位王位継承権を持っている。二位はボイディスの父王だ。ボイディス本人にも王弟にも王家を揺がす意思がないため、その意思表示も込めて他国へと留学している。

イードルをサポートするために研鑽しており、将来イードルが王になった暁には当分の間王城勤務する予定だ。

「私はフェリアとの婚約を白紙にするつもりはない」

イードルはボイディスを睨みつけた。ボイディスがフェリアに魅せられていたことは、婚約してから聞かされた。

『俺の女神を幸せにしろよな』

ボイディスは留学に向かう馬車に乗り込む時にイードルにそう言ったのだった。

「はあ？　他の女に目を向けておいて何言ってんの？　お前は婚約を白紙にする側ではなく、婚約破棄さ・れ・る・側だろうよ」

「だからっ！　婚約は解消しないっ！　それがきっかけになったことはフェリアに申し訳ないと思うが、今はフェリアのことをもっと知りたいと思っている。知っているつもりでいたことが恥ずかしい……」

「そのためにいまだその格好でいるのか？」

イードルは休日であり、学園でもないのに朝からドレスを着せられハイヒールを履かされていた。

「こうせねば淑女科へ出入りはできないからな。母上もなぜか嬉しそうに私の着替えを見にいらっしゃるし……。今日だって強制的に……」

「王妃陛下が女の子を欲しがっていたことは皆が知っている。俺の妹もよく可愛がってもらっているしな」

「もうしばらくはこのまま頑張ろうと思っているよ」

「そうか……。チェッ！　フェリア嬢を掻っ攫っていこうと思っていたのにな」

イードルはボイディスに苦笑いを返す。

「まあいいや。お前、今、公爵家は出入り禁止なんだろう？　その間だけでもフェリア嬢を口説いていくから！　そのつもりでなっ」

ボイディスはくるりと踵を返すとドアへ向かいながらヒラヒラと手を振った。

「おいっ!!」

ボイディスの『フェリアを諦めていない』かような言葉にイードルは慌てて立ち上がる。

「お前に止める権利はないよぉ。お前は外に目を向けたんだ。フェリア嬢にもそういう機会があって当然だろう。ハーハッハッハ」

ボイディスが立ち止まりクルリと振り返る。

「イェリア様では女性を口説くことはできないだろうしなぁ」

「その呼び名は使うなっ！」

「王妃陛下からお聞きしたんだよ。王妃陛下はお前をそうお呼びになっているのだろう？」

ニヤニヤするボイディスにイードルは苦虫を噛み潰したような顔を隠さない。

「それにな。俺がフェリア嬢を口説くことは、両陛下にもご許可を得ているのだから」

ボイディスはお手本のような笑顔を見せた。さすがに他国へ行っているだけあって、外交的な笑顔は満点である。

ボイディスはイードルの言葉も聞かずに扉へ向かった。側近は恭しく頭を下げながらドアを開け、ボイディスは颯爽と出ていった。

イードルは頭を掻きむしり、顔を擦る。側近に呼ばれたメイドに叱られながら化粧直しをした。


イードルがボイディスの来訪を受け入れている頃、サバラルの元には大量の手紙が届いていた。サバラル宛ではなく家名で届いていたので、父親の公爵も筆頭家令コルネイトも内容の確認は済ませている。その上で、わざわざトレーに乗せて山になった手紙をサバラルの前に出したコルネイトは普段の優しさを醸し出した無表情ではなく、怒りを抑えている無表情であった。あまりに微妙な変化すぎて長年彼を知っているこの家の者たちでしかわからない。

「コル……。どうした？」

サバラルの声は震えている。幼い頃からコルネイトが怒っているときにはいいことなど何もない。

「たくさんのお手紙が届いております」

「うん。見ればわかるけど、特に僕宛ではないみたいだよ」

サバラルは上の方にある手紙をいくつか手に取り、宛名と相手を確認した。サバラルの家ほどではないが高位貴族からの手紙ばかりだ。

「はい。ですが、お手紙の内容はすべてサバラル様に関することでございます」

「え⁉　僕に？　うわぁ、茶会かなぁ。学園あるし、面倒だなぁ」

「違います」

「なら、ボランティア？　それなら母上と一緒に行くよ」

「寄付なら父上に言ってもらわないと困るよ」

「お手紙の内容を旦那様はすでにご存知です」

「そうなんだ。なら何？」

「ご婚約の解消についての問い合わせです」

「はあ?⁉︎!!」

サバラルはついつい声を大きくした。

「何？　何？　何言ってんの⁉　僕は婚約を解消なんてしていないのに、先走って釣書を送りつける家があるってこと⁉」

「違います。よぉぉく家名をご覧になさってください」

サバラルは再び手紙を手に取った。そして顔を青くしていく。

「ど……して……」

流石に公爵子息だ。高位貴族の家名と家族構成は頭に入っている。

手紙にある家名はどこも、男兄弟のみであったり、女兄弟は幼かったり、女兄弟はすでに嫁いでいるか婚約者がいる、そんな家ばかりだった。

「皆様の目的はお一つ。バーバラ様への婚約申込みのためでございましょう。どの家も爵位をお持ちですので、後継者でなくともバーバラ様を娶れます。バーバラ様は幼き頃より大変おモテになる方でありますから、皆様手ぐすね引いて待っておられました。これまでは旦那様のお力で抑えていたに過ぎません」

サバラルは椅子をひっくり返すほど勢いよく立ち上がった。

「ちちちち父上はどこ⁉」

「バーバラ様の侯爵家へ向かわれました。バーバラ様のご家族が望めば今日にも婚約解消の手続きをなさるそうです」

「嘘だっ！　僕は婚約解消などしないっ！」

「サバラル様に選択権はございません。旦那様はあちらのご意向を全て受け入れるお覚悟でお出かけになりました」

サバラルが扉に向かって走り出すが、コルネイトの後ろに控えていた執事三人に取り押さえられた。

「やだぁ！　やだぁ！　バーバラと婚約解消なんてやだぁ！」

サバラルは扉に向かって泣きながら声を出した。

「サバラル様におきましては、本日この部屋から出ることを禁じられております。旦那様からは縛り上げてもよいとのご指示ですので、何卒、我々にそのような真似をさせないようにしていただきたく思います。では」

コルネイトが頭を下げて出ていく。三人の執事も手紙のトレーを持って出ていった。

夕刻に入室してきたコルネイトによって、サバラルとバーバラの婚約解消が保留にされたことが伝えられた。ただし、バーバラが少しでも会ってみたいと思う者がいれば、即時解消という条件付きだ。

「神様。お願いしますお願いします」

サバラルはバルコニーに続く窓のそばに正座をして青い月に願った。その青さにバーバラを重ねていた。

ゼッドの家では朝から来客があった。ゼッドは見慣れぬ顔に訝しむ。

「あれは？」

ちょうど近くを通りかかったメイドに聞いた。

「本日はドニト様とビアン様の新しい家庭教師様がいらしております」

ドニトはゼッドの上の弟。ビアンは次弟である。

「ほぉ！　二人はやる気があるのだな。いいことだ」

ゼッドは嬉しそうに、家庭教師だという男の背中が弟たちの部屋に消えていくのを見ていた。メイドはそれを片方の口角をあげて見ている。

「ええ。お二人共素晴らしい目標が見つかったそうで、大変やる気に満ち溢れておいでです」

「そうか。目標があるのは素晴らしいな」

「なんでも、お二人が好意を持っている女性がフリーになりそうな予感がすると。その女性を射止めるために努力なさるそうです」

「何!?　アイツらは婚約者のいる女性に好意を持っているのか？」

「はい。その方はご婚約者様に蔑ろにされていらっしゃるようで、もうすぐ婚約解消するから問題ないと奥様が判断されて、大変優秀な家庭教師様をお手配なさいました」

ゼッドは首を傾げる。どこかで聞いたことがある話だ。

「その方は大変麗しく、お優しく、お二人にいつも笑顔でお声を掛けておいでですから、お二人が好意を持って当然かと思われます」

「え!?　え!?　いつも!?」

ゼッドは顎を突き出してメイドに問う。メイドはゼッドと目も合わせずに優しげな瞳をドニトたちの部屋の扉に向けている。

「はい。何度もこのお邸にいらしてくださり、お二人はその方と奥様とご一緒にお茶をされたり、その方にお勉強を見ていただいたりしております」

「っ……それってまさか……」

「お二人のプライベートなことですので、女性のお名前は申し上げられません」

「ゼッド様」

ゼッドが眉を寄せて震えていると、ゼッドとメイドの後ろから野太い声が聞こえた。振り向くとゼッドより筋骨隆々な男四人がこちらに向かってきて、早々にゼッドの両脇を固めた。ゼッドは左右をキョロキョロと見る。見知った顔だ。この家の衛兵たちであるから当然である。

「奥様からのご命令です。ドニト様、ビアン様の邪魔はせぬようにと。お部屋にて待機命令が出ております」

そう言ってゼッドを持ち上げた。

ゼッドはハッとして暴れ出す。しかし、四人の衛兵は手際よくゼッドに猿轡をして、手を前で縛り膝と足首を縛り上げ、最後に肘と腹回りを縛ってから三人で担ぎあげた。

抵抗を諦めたゼッドは呆然としたまま部屋まで運ばれ、ベッドに放り投げられた。

「夕方になりましたら、メイドが参りますのでご安心を」

ゼッドは縛り上げられた状態で放心しているより他なかった。

＊＊＊

翌日、三人はそれぞれの母親から「婚約者に対して余計なことは言うな」と釘を刺されてから登校した。昨日の今日なので、余計なことというのが新たな婚約者についての話であることは理解している。

三人は自分の婚約者をチラチラと見たが、先週と変わった様子がないのでとりあえず安堵した。

『『『今は言われたことを真摯にやって、関係回復のチャンスを待つしかない。これ以上呆れられるわけにはいかない』』』

気合を入れ直して新たな一週間が始まる。

三人は毎日毎日婚約者の素晴らしさを実感していった。その反面、彼女たちの気持ちや考えを知りたいと思うが、全く分からずモヤモヤしてしまう。

イードルはボイディスが毎日のようにフェリアの家で夕食を共にしているのを知っているが、フェリアに何も聞けずイライラが溜まっていく。

ボイディスは五日ほどこちらにいた。

「女神との時間、楽しかったなぁ。頻繁に帰ってこようかなぁ」

「しっかり勉強してこいっ！」

留学先へ戻る際、イードルへの嫌味は忘れなかった。

サバラルには手紙が毎日届き、ゼッドの弟たちには毎日家庭教師が来ている。

第四章

晴れた日の午後の授業。

今日はイードルとサバラルとゼッドは男性らしい凛々しい姿だ。ビシッとした乗馬服を着て学園の厩舎の前にいた。少しだけ鼻高々に見えるのは気のせいか本人たちの気持ちの表れなのか。

「では一人一頭、馬を連れていってくださーい」

「鞍を付けずに連れていくのか？」

元女性騎士と見受けられる教師の指示にイードルが訝しむ。馬には馬銜と手綱が付けられているが鞍や鐙は一切付いていない。

紳士科では教師が来る前に自分で鞍付けをすることになっているので、三人は女子生徒たちがそれをやらないことを不思議に思っていた。

「鞍付けは一年生の時にやりましたわ。まあ、皆様高位貴族の令嬢ですので、自分の馬を持っておりますからほとんどの方ができましたけれど」

「フェリア！　馬に乗れるのかい？」

「はい」

イードルは淑女A科の学術カリキュラムを取り寄せたが、他の科目については調べていない。

「っ！」

「もちろん、わたくしは得意ですわ」

ゼッドの絶句にルルーシアは先に答えた。

「え？　バーバラも？」

「ええ。得意ではありませんが困らない程度には乗れますわ」

イードルに女兄弟はいないし、王妃陛下が乗っているところは見たことがない。

ゼッドは母親の騎乗姿を見たことがあるが騎士家の妻ゆえだと思っており、ルルーシアは嫁いで来てから習うのだと思っていた。

サバラルは姉と年が離れているので乗馬姿を見たことはないし、母親は常に馬車に乗っていると思っている。

しかし、ここまでの経験で母親たちも乗れるのだろうと予想はできた。

「淑女は多趣味なんですね」

手綱を引いて歩きながらサバラルが呟いた。

『『っ！！？？』』

フェリアたちは目をしばたたかせる。

「この皆での乗馬は楽しかろうな」

イードルはそれぞれ馬を引いて後ろを歩くクラスメートに優しい視線を送る。ゼッドもサバラルもそれを想像して優しげな目元をした。

「は？」

フェリアが思わず声を漏らした。

「ルルーシア、その、今度いっ、いっ」

ダンス授業の際にルルーシアの乗馬服姿を見て、一緒に乗馬を楽しみたいと思っていたゼッドは、ルルーシアが乗馬ができると聞いて、少しばかり興奮して是非乗馬にと誘おうとした。が、ゼッドが言葉につまっている間に丁度授業場所へ到着してしまう。

「はい？」

「また、次に……」

授業の邪魔をして呆れられたくないゼッドは口を閉じた。

そこは砂の練習馬場や馬場の周りの騎乗コースではなく、さらに外周にあるレンガで作られた馬車道であった。十二台の馬車が二台ずつ横並びに並んでいる。貴族用にしては少し古めで、下位貴族が乗りそうな大きさのものだ。

生徒たちには二人で一台の担当馬車が決まっており、フェリアとルルーシア、バーバラとペアのクラスメートは一番前の馬車へ向かった。教師の誘導で三人は一番後ろの馬車の近くに来た。

それぞれの馬車へ行くと馬を宥めながらつないでいき、二頭立ての馬車ができあがる。

すでに取り付けが終わり、大人しく従った馬を鬣に沿って撫でてやっている生徒もいた。

「手慣れたものだな」

三人は感心して見ていたが、教師に促されて自分たちの連れてきた馬も馬車に繋げた。イードルは万が一の事故に備え、教師と組んでいる。

騎士科でもやっていることなので三人はすんなりとできた。

「ではイードル君、ゼッド君。中に乗って。サバラル君、馬車の扱いは大丈夫よね？」

「は、はい。騎士科でやっておりますから」

「騎士科より厳しいかもしれないけど頑張るのよ。イードル君とゼッド君は中に乗ったら手摺をしっかりと掴んで足を反対側の椅子に突っ張り、転げないようにした方がいいかも。もし、そうなった時の対処はそれぞれに任せます」

「「「はあ??」」」

詳しい説明を受けたいところだが、三人のためにレッスンを中断してもらうわけにもいかず、とにかく今は言われた通りにするしかなかった。

サバラルはそこで驚愕して動けなくなってしまう程の情景を見ることになる。

一番前の馬車の御者台にはルルーシアとバーバラがそれぞれ座っている。フェリアはルルーシアの馬車の中にいるのだろう。

「はあ!!」

「それっ！」

ルルーシアとバーバラが掛け声とともに思いっきり手綱を動かした。

「ええーーー!!」

すごい勢いで走り去る馬車にサバラルは声を上げて驚嘆した。

程よい距離になると、次の馬車も同じような勢いでスタートさせて走っていく。

「さあ、サバラル君。行くわよぉ。奥でみなさんが待っているんだからねぇ。はいっ!!」

女性教師はサバラルに一声かけると馬に気合を入れて走り出した。

「え？　あ、はいやっ！」

サバラルも慌てて追いかける。

しばらく走るとレンガ道も無くなり、踏み固められた馬車道になる。御者台に踏ん張るのもなかなか大変で、その上馬たちを操縦しなければならない。騎士科でも時々しか出さないようなスピードで馬車道を抜けた。

前の馬車が止まっている姿が見えてきて、サバラルはスピードを緩めた。その馬車の側で止める。そこは馬車寄せのように馬車を周回させられるようになっていて、サバラルとは反対側を向いた馬車の近くにフェリアが降りているのが見えた。

「さすが、騎士科でやっているだけはあるわね。上手いものよ」

「ありがとうございます………」

サバラルは肩で息をしながら礼を述べた。

「二人が無事だといいのだけれどぉ」

困り笑顔で御者台から降りた教師は馬車の入口を開けた。

「あらあら。イードル君。だからしっかりと踏ん張ってと言ったのにぃ」

教師は言いながら馬車内へ入っていった。

教師の言葉に、サバラルは慌ててゼッドの様子を見に行く。ドアを開けると、椅子と椅子の間に四つん這いになって腰を擦っているゼッドの姿があった。

「ゼッド。大丈夫かい?」

「ああなるなら先に言ってほしかったがな。椅子の間に落ちた後、四肢で踏ん張ったから一応大丈夫だ」

「そうか。さすがに運動神経がいいね。その対応力はすごいよ」

「それよりイードル殿下は？」

サバラルとゼッドは馬車をグルリと回り込み、イードルの馬車へ行くと、扉は開いている。

イードルは馬車内の椅子に座り上着を脱いで、女性教師に怪我の具合を見られていた。見るからに新しい痣ができている。特に腕はいくつかの痣が見られた。

「殿下。大丈夫ですか？」

「…………」

イードルは死んだ魚のような目を二人に向けた。上半身とはいえ男性の裸体を女子生徒たちに晒すわけにもいかず、馬車の中でチェックを受けているのだった。

「さすがに王族。頭部を守るようにしっかり指導を受けているわね。だいぶ転げたと思うけど腕で頭部を固めて守ったということでしょう？」

「ああ。そうだ」

「この程度の痣は王妃陛下にご許可いただいてますから問題ないわね。骨折がないかどうか見るために脱いでもらったのだけど……」

教師はイードルの背中までグルっと見た。

「無さそうね。ゼッド君はどこか痛いところはあるかな？」

「いえ、もう大丈夫です」

「イードル君はここで休んでいて。上着はもう着て結構よ」

教師は馬車から降りゼッドとサバラルと並んだ。二人がふとまわりを見ると、二十人が心配そうにこちらを見ていた。あのスピードの中、乗っていたはずの十人も元気そうだ。

「では今度はゼッド君が御者、サバラル君が中で戻ってね」

二人は頷いて自分たちの馬車へ向かった。

「ゼッド。ほどほどに頼むよ」

「サバラル。座っていることに自信がないなら、始めから椅子の間に入って背中と足で踏ん張れ。転がりにくいと思う」

「わかった。そうするよ。アドバイスありがとう」

二人が自分たちの馬車の横に行くと教師が大きな声を出した。

「みなさぁん！　イードル君は大丈夫です。でも念のため私はゆっくりと戻ります。フェリアさぁーん！」

「はいっ！」

「あちらへ戻ったら、もう一周練習をしてください」

「わかりました」

教師は一番前の馬車であるフェリアに指示を出した。ルルーシアとバーバラがそれぞれの馬車の中に乗る。御者と搭乗者が交代するのだ。

フェリアの気合の手綱捌きを皮切りに再び練習が再開され、フェリアのスピードを見たゼッドは絶句した。中にルルーシアが乗っていると思うと心配になる。ゼッドは自分たちの順番をジリジリと待ち、順番になると思いっきり手綱を振った。サバラルに「ほどほどに頼む」と言われたことなど頭から吹っ飛んでいた。

ゼッドたちの馬車が到着したときにはすでにルルーシアは馬車から降りており、フェリアたちと談笑しながら飲み物を飲んでいたことにゼッドは胸をなでおろした。

「ゼッド様。サバラル様が大丈夫なようでしたらあちらで小休止いたしましょう」

すぐ前の馬車のチーム四人が心配そうに声をかけてきた。ゼッドはルルーシアばかりを気にしていたことにハッと我に返り、急いでサバラルの様子を見に行った。

サバラルもゼッドのように腰を擦っている。

「馬車の中は危険地帯だったんだね」

泣きそうな顔で降りてきたサバラルの冗談に四人の女子生徒たちは笑った。

「ゼッドのアドバイスのお陰でどうにか助かったよ」

「まあ！　どんなアドバイスですの？」

「椅子の間に入って背中と足で踏ん張ったんだ」

「「「…………」」」

女子生徒たちが目を合わせて沈黙したことにゼッドとサバラルが驚いた。

「「え？」」

「僕は何か間違ったことをしたのかな？」

「いえ。そういう体勢を瞬時に取る練習ですので合っていますわ」

「瞬時に？」

サバラルは小さく呟いた。始めからその体勢だったとは言えなくなってしまう。

「サバラル様はゼッド様にお聞きになるまでご存知なかったのですか？」

「…………うん」

「「「…………まあ…………」」」

女子生徒たちの驚きと呆れの籠もった反応に二人はあ然とする。

「騎士科とは練習の内容が異なるとはフェリア様から聞いておりましたが」

「まさか逃げる時の馬車の乗り方もご存知ないとは」

六人が話をしているところへ学園のメイドが飲み物を持ってきてくれた。フェリアたち一組目はすでに再出発の準備をしている。

六人も慌てて飲み物を飲み、準備に取り掛かった。

「逃げる馬車………」

ゼッドには思い当たることがあり、呟きながらも気合を入れて馬車に乗り込んだ。

それからもう一周して元の場所に戻って来る頃には、すでにイードルはメイドによって保健室へ連れて行かれ、女性教師が一人で待っていた。

女子生徒たちは慣れた手付きで馬車から馬を外し騎乗用の手綱を引いていく。

ゼッドとサバラルもやっているが、ゼッドが眉間に皺を寄せて何か考え込んでいるので、サバラルはゼッドに声をかけることもできず厩舎に馬を返した。女子生徒たちは更衣室へと向かう。このまま解散で、教室へ勉強道具を取りに行き、帰宅の途に着く予定だ。

サバラルは一人で女性教師の下へと走った。

「先生！」

「ん？　どうした？」

「この授業の意味を教えてください」

「うーん。もしかして、君たちは淑女A科一年生の乗馬の授業内容を知らないのかい？」

「はい。知りません」

「そうか。では、明日の午前中に見学に来なさい。学園には私が話を通しておく。それと三人はそれそれで今日の授業内容の意味を考えてみなさい。ゼッド君の様子だと彼は答えに近付いているようだ」

「そうなのですか……」

悩ましそうな顔をしていたゼッドが脳裏に浮かぶ。

「明日答えを教えてあげるから、今日のところは誰かにヒントを貰わないように。淑女の立場について真剣に考えてみるのも時にはいいことだろう」

「わかりました」

「イードル君とゼッド君へは……、どうやら伝えてもらえそうだな」

教師の視線の先にはメイドがおり、了承したとばかりに恭しく頭を下げた。今日は乗馬服の男姿なので手伝いは必要ないはずだが、母親たちからの監視としてメイドは常に側にいる。

「では、な」

教師は踵を返して手をヒラヒラと振った。

「あ！　そうだ」

すぐに振り返る教師にサバラルは挨拶で下げていた目線を上げた。

「あくまでも見学だから装いはドレスでな。足場が悪いから履物だけは革靴を許そう」

そういって再び学園へ向かって行ってしまった教師に、そのような指示をされたことに、サバラルは驚いてパカリと口を開けた。

翌朝、ゼッドの悲壮感と苛立ちを隠さない様子に、イードルもサバラルも着替え中に話をすることもできないでいた。

三人は着替えの後に馬場へ赴くことになっているので、今日はフェリアたちは着替え部屋には来ない。

機嫌の悪いゼッドを先頭に厩舎へと向かった。

「きゃあ！」

「ステキですわねぇ」

「ドレスもとても素晴らしいものですわぁ」

厩舎の近くに行くと、馬に鞍を付けていたり、手綱を引いて外に出していた淑女A科一年生の女子生徒たちがイードルたちのドレス姿に黄色い声を上げた。彼女たちは皆乗馬服姿である。

「一年生は馬に乗るようだな」

「ええ。バーバラたちも一年生の頃は乗馬を楽しんでいたようですし」

イードルとサバラルの軽い言葉にゼッドは目を細めた。

「彼女たちが一年生の頃に楽しんでいたというのは、我々がそうだと思ったというだけで、昨日の彼女たちはそれに対して返事をしていませんから本当の事はまだわかりません。今日はそれを確かめに来たのですよ」

「そ、そうか……。しっかりと確認せねばならないな」

ゼッドの珍しくキツい物言いにイードルが反応し、イードルの言葉にサバラルも首肯する。

昨日は二十人の女子生徒が馬に乗り、のんびりと馬を歩かせて学園近くの草原で花に囲まれて笑い合う姿を想像した三人である。

一人の女子生徒がイードルたちに近づいてきたがイードルとゼッドには見覚えのない顔だった。

「クラリーチェ嬢」

サバラルが呟く。

「サバラル様。先日はお義姉様に告げ口をするようなことになってしまい、申し訳ございませんでした」

「いえっ！　クラリーチェ嬢が気にすることではありませんよ」

サバラルは口に手を当てて、イードルとゼッドに向かって言う。

「姉上が嫁いだ公爵家のご令嬢です」

二人が頷いた。

「サバラル様がバーバラ様のためにそのようにドレスをお召しになっていることはよくわかっており

ますわ。お義姉様にもサバラル様の最近の尽力ぶりを報告しておりますの。今は応援しております」

「ありがとう。早く信頼を回復できるように頑張るよ」

クラリーチェが頭をペコリと下げて集団に戻っていった。

「今は……か……。私たちは一般の生徒たちにも不興を買っていたようだな」

三人は目を伏せた。

鞍を付けた馬の手綱を引いて、女子生徒たちが馬場へ向かった。その一番後ろに三人は付いていく。

メイドの促しで三人はレンガ道の側にある観覧席に座った。背もたれがなく硬い座面のベンチになっている観覧席は三人にとって休める場所である。

「今日はやけにコルセットがキツい」

「ですよね。僕もちょっと息がしにくいです。革靴だから歩けるけど、ハイヒールの足元を気にしながらこのお腹では歩けないかもしれません」

イードルとサバラルは腹を擦ったり姿勢を正したりしてなんとかコルセットに隙間を作ろうとした。

無駄だったが。

昨日の発言がメイドによって淑女たちに報告され、またしても反感を買っているとは思っていない。

メイドの怒りの加減でコルセットの締まり加減が変わるのだ。

ゼッドは何かを悟り、現状を納得しているようで、背筋を伸ばして馬場を見つめていた。

「二人は昨日のことをどう考えたのだ？」

イードルがコルセットから意識をそらすために会話を望んだ。

「僕はあの練習の意味が何も思いつきませんでした。僕は乗馬も御者も得意ではありませんし、それについての知識もありませんから」

「うむ。私も王妃陛下が昨日のフェリアたちのように立ち回っている姿を想像してみたが、何にも繋がらなかった。ゼッドはどうだ？」

二人の意見に悲しげに目を伏せたゼッド。

「正しいとは限らないので俺の意見で混乱させてしまうのも申し訳ないですから、ここでは止めておきます。このあと先生が特別授業をしてくださるそうなので、先生に聞きましょう」

いつもより饒舌で真面目に語るゼッドに二人は瞠目したが、まっすぐに馬場を見つめるゼッドと目が合うことはなかった。

馬場では一年生たちのウォーミングアップが始まっており、それぞれが馬に乗り、騎乗コースをゆっくり回っている。おおよそ二頭並んで走り、前後はそれぞれが適度に距離を空けている。

スタート地点にいる教師が合図で手を上げると、そこからものすごくスピードを上げた。

「すごい早さだなぁ……」

『僕は三周はできないかも……』

女子生徒一年生の乗馬レッスンにあ然とする二人と唇を噛むゼッド。

「やはりこのような授業だったのか……」

ゼッドが呟く。

「ゼッド？」

「騎士団を目指しているのに、このようなことも想像できていなかったとは、自分が情けない」

ゼッドが手が真っ白になるほど拳を握っていて、二人はこれ以上声をかけられなかった。

そこに齢五十ほどの男たち五人が馬を引いてやってきた。女性教師が頭を下げて礼を言っているようだ。一人が冗談を言ったのか六人で笑っている。

女子生徒たちがそこへ集まってきた。

「「よろしくお願いいたします」」

しばらくすると女子生徒たちの揃った声が聞こえた。

「どうやら臨時のコーチらしいですね」

「なるほど。騎士科にダンスレッスンしにいらっしゃる夫人会の方々のようなものか」

「いや……。元騎士団員だ……」

ゼッドは顔を青くした。

それから四人ごとの五組に分かれ、グループ一つに一人の生徒が馬に乗り、その男たちと一対一で並走する。五組は程よい前後距離を空けており、先程より遅めのスピードで走りその外を男たちが走っている。

「なんだ。ただの騎乗指導じゃないか」

イードルの言葉にゼッドはホッとした。

しかしそれは一周目だけの話であった。

二周目になると、男たちは並走する女子生徒の肩を掴んだり押したり腕を引っ張ったりする。

ガタン!! とすごい音をさせて立ち上がったゼッドは再び青い顔をしていた。

座っているイードルとサバラルも騎乗コースから目が離せず青い顔をしている。

「ここまでするのか…………?」

男と並走している女子生徒は男からの妨害にバランスを崩しながら、懸命に騎乗姿勢を維持している。

二周目のゴール近くで女子生徒がスピードが落として騎乗コースから大外周りになると、グループの二人目の女子生徒が男と並走を始めた。

「なんなんだよ……この授業……」

サバラルはわなわなと震えている。

「一年生の頃にフェリアたちもこれを受けたと言うのか？」

イードルの声も震えていた。

ゼッドはガンっ！　と大きな音をもう一度させてベンチに座る。

「ルルーシアたちだけではありませんよ。歴代の淑女A科の生徒たちは皆受けているのでしょうね」

ゼッドが苦しそうに右手で顔を覆う。

「ゼッド！　君の意見を教えてくれ！」

サバラルが懇願するように声を荒らげた。

「皆様。そろそろ教室へ参りましょう」

メイドが急に声をかけてきた。メイドの顔を見てから男たちと話していた教師に顔を向けると、大きく首肯した。

「本日は講師様方がいらしてくださっているのでお任せできるそうです。先生から皆様に説明があるので教室へ誘導するようにとのご指示です」

ゼッドが筋力でスッと立ち上がりイードルに手を伸ばす。

「すまないな」

「問題ありません」

イードルが立ち上がるとサバラルにも手を伸ばした。

「ありがとう」

「ん」

三人はメイドに付いていった。

学園で一番狭い教室は、十人分の机を並べればいっぱいになってしまうくらいの広さだ。そこに円卓と丸椅子が用意されていた。今日のところはリラックスをして本題の話に集中せよということだ。

すでに座っている教師の椅子にだけ背もたれがある。

「好きなように座って」

三人はいつものようにイードルを挟むようにして座った。

「メイドたちから貴方たちが昨夜考えたであろう意見は聞いている。それで？　イードル君、サバラル君、一年生の授業を見て何か新たにわかったかい？」

二人は目を伏せ、ゼッドは固まった表情で教師の横顔を見ていた。

「あれはまるで訓練だな……」

イードルは昨日の二年生の授業も思い出しながら口に出した。

「まあ、授業だからねぇ。まさか海辺にお散歩に行くとでも思っていたのかい？」

「「っ！」」

自分への怒りなのか恥辱なのか、三人は顔を赤くした。

「ハッハッハ！　この学園きっての高位の令息たちがそれでは、王妃陛下から特別授業を仰せつかるわけだ」

教師は背もたれに伸びをして呆れを強調した。

「ゼッド君、君は昨日何か掴んでいただろう？　そろそろ発表してはどうだい？　一年生の授業を見て確信したのではないか？」

教師はニヤリと口角を上げて横目でゼッドを見る。

「イードル殿下の仰る通り、あれは訓練です。将来騎士団への入団を考えている者の多くは学園入学前に二年ほど仮入団するのですが、その一年目にやる騎乗訓練の一つに先程の騎乗妨害を受けながら馬を走らせるというものがあります」

「騎士並みの訓練なのですかっ!?」

サバラルが頭を上げて叫ぶ。

「騎士団では落馬するほどスピードを出す上に妨害ももっと強いが、高位貴族のご令嬢方もやるような訓練だとは思っていなかった」

ゼッドの説明にイードルとサバラルは顔を青くする。

「そのようなこと！　何のためにやるのだ」

「イードル君。それを考えるのが今日の授業だよ。ゼッド君、説明ありがとう。しばらく二人に時間をあげてくれ」

「はい。俺も考えをまとめたいです」

「そうか。では、二十分後にディスカッションをする」

メイドによって三人の前にメモ用紙とペンが置かれた。

「書いた方がまとまることもある。無理に使う必要はない。では、時間になったらまた来る」

教師は部屋を出ていったが、誰も口を開くことはなかった。

二十分程して教師は部屋に戻ってきて先程の椅子に座るが、三人とも暗い顔を上げない。

「はいはい！　君たちは考えるチャンスを与えられたラッキーボーイだろう？　きちんと見て、きちんと考えるということを学んでいこう！　さあ！　サバラル君！　君からだ。あれは何のためにやっていると思う？」

「あれ……は……し…………襲撃に備えた訓練なのかと……」

「私もそう考えた。しかし必要性は感じられない」

「僕もですっ！」

「そうか。ゼッド君は？」

「必要性かどうかはわかりませんが、この国が子女を守ろうと考え始めた歴史はまだ浅いと思います」

ここバーリドア王国は建国して百五十年程。五十年前、騎士団団長であったゼッドの曽祖父が地方の治安改善に乗り出し、退団した兵士の仕事を斡旋した。

それまでは子爵男爵家の家督を継がない男子は退団すると、実家領に戻って農業や商売をしていたが在団中に治安部隊を運営するノウハウを教え、少しずつそれが形になっていった。

「確かに俺たちの世代は生まれてからこの国が治安が悪いとは聞いたことはありません。だが、その歴史はせいぜい五十年。平和になったと領民が感じるようになったのはおそらく三十年ほどだと思います」

「そう。つまりは三十年前までは淑女の嗜みとして必要不可欠なものだったってこと。野盗や山賊しかり、人によっては日常的に命を狙われていた」

「日常的に？　なぜです？」

サバラルは首を傾げたがイードルは目を虚無にした。

「イードル君。サバラル君の質問に答えてやって」

教師はイードルが逃げることを許さない。

「それは………………家督争いのためだ……」

「っ!!」

「その通り。そしてその最たる歴史が王家なんだよ」

それから教師の質問に答えていく形でサバラルへの説明をイードルとゼッドが行った。イードルは王家として、ゼッドは騎士家として平和や治安について他家よりも学んでいる。

二人の話を聞いていくうちにサバラルはどんどんと顔を白くしていった。

サバラルもこの国の歴史については勉強してきている。成績の良いサバラルは頭には入っていた。

だが、それはまるで記号を覚えるかのように頭の中に並べられていただけなのだ。

リアルな歴史、背景、状況を聞かされて、サバラルの中で記号が現実化して押し寄せている。

「うっ!!」

サバラルは口に手を当てて吐き気を耐えた。メイドが冷たい飲み物とおしぼりを持ってくる。

意気消沈しているイードルとゼッドにも届けられた。

「はーい。では歴史はこのくらいで。参考までに。三年生は腹帯だけを付けた馬で疾走とぶつかりレッスンもあるからね」

「「ぶつかりレッスン?」」

イードルとサバラルは不思議そうな顔をしてゼッドは再び驚く。

「はい。ゼッド君、説明」

「疾走中に相手の馬に自分の馬をぶつけていくことだ。馬がびっくりして止まることがあるし、乗り手もバランスを崩して落ちることもある」

「落ちるほど強くはやらないけどね」

教師は軽く笑うが、サバラルは自分ができる自信がなく、顔に手を当てて震えていた。

「ここまでの話を踏まえて！　一年生の乗馬レッスンは何のためかな？　ゼッド君」

「襲撃にあった際に単独でも逃げられるようにするためです。おそらく、二年生に馬と馬車の連結をさせたり外したりするのも、自分で馬車から馬を外して逃げる練習のためです」

鎮痛な面持ちのゼッドに対して、教師は満面の笑みだ。

「そうだ。趣味でも散歩でもないぞ」

昨日の三人の考えを見て取ったように言われる。

「はい。じゃあ、二年生の馬車内で怪我が少なくなるようにするレッスンは？　イードル君」

「御者が生き残っていた場合、猛スピードで馬を走らせるでしょう。逃げたはいいが、中で頭を打って倒れたらあまり意味がなくなる」

「そうだねぇ。打ち所悪くて死んでしまったら困るよねぇ。はい、サバラル君。御者の訓練の意味は？」

「馬を外す時間がなければ馬車を操縦しなければならないから」

「はーーい！　チッチッチ」

教師は嬉しそうに人差し指を立てて左右に振った。

「四十点」

サバラルは瞠目した。

「サバラル君。さっきあれ程説明されたでしょう？　大事なのは、か、と、くっ！　家督を継ぎたい弟にとって邪魔なのは兄と誰なのかなぁ？」

「子……ども……？」

「そうだ。兄の子どもたちだ。彼女たちは子供を守るために御者の訓練をしている。単独なら馬の方がずっと速い。君たちは自分が後を継ぐことは考えたことはあるだろうね。でも自分の後継者について考えたことはあるか？」

改めて口に出されるとイードルとゼッドもさらに項垂れた。

「ちなみに君たちの母親たちは未だに年二回はここにレッスンに来ているよ。予約制だけどね」

「お、王妃陛下もか？」

「そうだね。王宮の馬場であれは見せられないだろう？」

イードルは母親の知らぬ姿を想像して、母親の未だに続く努力に驚いた。

「私の願いはね、三十年後の彼女たちに「あの教師の授業は何の役にも立たなかったわね」と言って笑ってもらうことなんだ。そんな国を希望しているよ。未来の宰相、未来の騎士団団長、そして未来の国王よ」

　三人は自信なく肩をすぼめる。

「はいっ！　今日はここまでっ！　三人とも着替えて帰りなさい。学園の許可は取っている。彼女たちのことをもう一度よぉく考えてみるんだね」

　教師はさっと退室し、三人はメイドに急かされるまで丸椅子に沈み込んでいた。

　授業の内容を聞いた母親たちはそれぞれの家で三人を放置し、今日は食事を共にしせず、エステも無しとした。

　三人はベッドの中で眠れぬ夜を過ごす。

　翌朝、前日に姿を見せなかったことを心配したフェリアとバーバラとルルーシアが着替え部屋に早めにやってきた。

「やあ！　三人とも早いね。おはよう！」

「おはようございます！」

「おはようございますっ！」

　イードルたちは率先してフェリアたちに挨拶した。寝ずに考えた結論は自分たちがもっと彼女たちを知る努力を惜しまず、彼女たちに頼られるように励んでいくべきだということであった。

「え？　お、おはようございます」

「「おはようございます……」」

　これまではフェリアたちから挨拶をしていたので面食らってしまった。

「昨日は一年生の見学の後、いかがいたしましたの？」

「うん。淑女学のレッスンを受けて、私たちの修練が足りないと家に帰らされた。個々でする自宅練習の宿題がタンマリ出たよ。寝不足だし筋肉痛だ。あはは」

『立ち座りや笑顔、ハイヒールウォーキングの宿題を出されたようですね』

　フェリアたちは、トラブルがあったわけではないことに胸をなで下ろす。

「そうでしたのね。サバラル様はお肌がお白いですから目の下の隈がはっきり出ておりますわね。医務室で休まれますか？」

　バーバラは鏡台に座るサバラルの顔を覗き込んだ。

「大丈夫だよ。これまでの君たちの努力を思えば、この程度で休むわけにはいかないっ！」

　サバラルの隈とは逆にランランとやる気の満ちた目にバーバラは強く言えない。

　ルルーシアはすでに支度を終えて立っているゼッドの近くに来て顔を見上げた。

「騎士団の鍛錬と思えば十分活動可能な消耗具合だ。何も気にすることはないっ！」

　自分の言葉を強く肯定するように上下にブンブンと首を振るゼッド。ルルーシアは小さなため息を呑み込んだ。

「殿下。本日は騎士科にお戻りになられても良いですよ。騎士科の授業ならお休みになっても問題ないのではありませんか？」

「フェリア。大丈夫だ。前に公務と勉強が終わらずに、徹夜して茶会に参加した私の姿を知っているだろう？」

「ですが、その日の夜に倒れるようにお休みなったと聞いておりますわ」

「なら、今日学園が終わったら倒れるように寝るまでだ。心配するな」

三人の様子に何も言えなくなったフェリアたちはメイドたちの顔を見た。皆、一度目を伏せて三人の言葉を肯定し、三人の母親たちもわかっていることだと暗に伝える。

「わかりました。でも、本当にツラい時には言ってくださいませね」

「わかった」

イードルは優しくフェリアに笑いかけた。

イードルたちの特級淑女レッスンは続く。

第五章

中庭騒動から二週間。本日は淑女A科の授業は庭園での模擬のお茶会である。十人から六人ほどの規模のお茶会という設定の授業だ。

華やかなドレスを纏った女性たちが学園内にある茶会用の庭園に集い、指定の席についた。フェリアの約束通り、リナーテが招待されている。学園の協力体制があってのことだ。

フェリアたちの丸テーブルには、フェリアから右へイードル、バーバラ、サバラル、ゼッド、ルルーシア、リナーテである。婚約者のいないリナーテをフェリアとルルーシアで挟む形になっている。

用意されている椅子はもちろん背もたれがあるものだ。優美な作りのティーテーブルセットで、華奢な椅子の足がとても不安定に感じられ、足腰に更に力を入れざるをえなくなっている。

「随分と慣れてきたつもりだったが、やはりこの姿勢を保つのはキツイな。サロンより椅子が華奢だな」

いつものようにお尻を半分ほど乗せ、背もたれを使わずに背筋を伸ばす。

イードルは自分の腹筋辺りを撫でた。

「この半分しか座れない座り方は体力を使うよね」

サバラルは浅い呼吸を続けて姿勢を維持している。

「ん⁇　リナーテ嬢はそんなに深く座れるのか？」

ゼッドに言われてイードルとサバラルもリナーテに注目する。リナーテは姿勢を正しているが、腰辺りが背もたれに触れるほど深く座っている。腰が背もたれに支えられるだけでも随分と楽なのだ。

「え⁉　できますよ？」

「どうしてだ？」

「何で？」

「ん？」

「リナーテ様のドレスはAラインドレスだからですわ」

「わたくしたちのドレスはベルラインまたはプリンセスラインと呼ばれるスカートにボリュームがあるものです。リナーテ様のドレスは裾にボリュームはありますが、ウエストはボリュームを少なめにしてあるのです」

「「「それがよかった……」」」

「淑女A科では許されておりません」

イードルたちはがっくりと肩を落とす。引き攣ってはいるが顔は笑顔にできている。

「ボリュームのあるドレスで座るなんて無理ですっ！　腹筋と背筋が崩壊してしまいます！」

リナーテが笑顔で力いっぱい言い切った。

メイドたちが各テーブルでの給仕を終える。少人数の茶会ならもてなす側が自らお茶を淹れることもあるが五人以上ならメイドに任せることが一般的だ。

「いただきましょう」

今日はフェリアがこのテーブルの仮想もてなし役となっている。茶葉や菓子を用意したのはフェリアである。

「お茶もお菓子も美味しそうですねぇ」

リナーテは素直に意見を言う。みなそれぞれにフェリアに感想を言った。とても好評である。

「フェリアはこのようなものをどこで知るのだ?」

「こちらのお茶は春の旅行で赴いた子爵領の茶葉ですの。その旅行の際に子爵夫人のお茶会にお呼ばれしてご紹介いただきましたのよ」

「えー！　それって慰安旅行じゃなくて視察旅行で社交じゃないですかぁ！」

「自領でない旅行はそうなりますわ」

「遠くの領地の奥様とはなかなかゆっくりとお話ができませんもの」

リナーテの言葉にルルーシアもバーバラもフェリアの行動を当たり前だと認めた。

「でも、みなさんは高位貴族の方々なのですから、子爵家のお茶会などは断ってもいいんじゃないですか？」

「親しくさせていただいている方は爵位の高低に関係なく伺いますわよ」

『親しくさせていただいている』というのは、つまりは『何かあった時に味方になる家』ということだ。派閥ほどあからさまなものではないが、交流を持っている家とそうでない家はある。

「でも、みなさんはまだ学生ですよ？」

リナーテは小首を傾げた。

旅行先でまで社交することに、リナーテは疑問を抱く。フェリアは自嘲気味に笑った。

「我が家だけではなく、わたくしが嫁いだ後にも親しくしていただきたいですもの」

「「わかりますわ」」

ルルーシアもバーバラもフェリアに同意する。イードルたちは自分たちの婚約者がそんな以前から嫁いだ後のことまでも考えて行動してくれていたことに感動しながら、自分自身に落胆していた。

笑顔が物悲しいものとなっていく。

『私は相手の家について真剣に考えたことがあったであろうか？』

イードルは自問自答の末、『否』と自己評価し、恥ずかしくなっていた。

「旅行は他国にもいかれるのですか？」

リナーテはクッキーを取ろうとしながら質問した。

「リナーテさん。お菓子をおとりになるのか、質問をなさるのか、どちらかになさい」

テーブル間を歩きながら指導している教師から注意が入る。

「はーい」

「言葉はだらしなく伸ばしてはいけません」

「勉強中です。頑張ります」

教師は小さくため息をついて別のテーブルに移った。

「リナーテ嬢。勉強中とは？」

「イードル殿下。淑女A科では語学は何を習っているのですか？」

「先日の授業は大陸共通語だった。選択制語学はフェリアと一緒に隣国オミナード語の授業であった」

「選択制!?　語学の授業ってそんなにあるのですか？」

「うふふ。そうですわ。週に三回ほどですわね。共通語が週に二回、選択制が一回ですの」

「うっわぁ！　それって地獄ですね」

リナーテは渋顔を隠さない。フェリアとルルーシアとバーバラがクスクスと笑う。イードルとサバラルとゼッドは、会話の流れが読めずに口角を上げたままキョロキョロとする。

『『リナーテ嬢は本当に表情が自由だな』』

それは淑女としては力不足な証拠であることをイードルたちはこの二週間で学んだ。

「三年間同じ語学を選択なさる方が多いですわね。ですが数ヶ月で選択を変更なさる方もいらっしゃるのですわ」

「みなさんは？」

「フェリア様ほど頻繁ではありませんが、時々選択を変更いたしますわ」

「フェリア様は毎週違う語学を選択なされているのですもの。素晴らしいですわ」

「ふふ。ありがとうございます」

フェリアはバーバラの賛辞に素直に喜んだ。

「どうして選択を変えるのですか？」

リナーテは小首を傾げる。

「どの語学も忘れないようにするためです。使っていないと忘れてしまうかもしれないでしょう」

「フェリア様はどの語学も完璧でいらっしゃるから、会話のレッスンの講師をしてくださるのよ」

「すっごいですねぇ！！！」

「イードル殿下もお出来になりますわ。それにお友達にもお出来になる方がいらっしゃるの。わたくしだけではないのよ」

フェリアはリナーテのあまりの賛辞に照れてしまった。

「ま、まあ、私は王族だしな……」

イードルはフェリアに褒められたことが嬉しくなってニヤけた。サバラルとゼッドは冷たい視線を送るが、久々にフェリアに褒められたイードルには気がつかなかった。ドレス姿はずっと褒められているが、イードルはそれはカウントしていない。

「サバラルとゼッドも会話だけなら、三カ国語できるぞ」

イードルの打算のないほめ言葉に、二人はリナーテにわかりやすく自慢気に頷く。

「バーバラ様とルルーシア様もそうですわ」

二人も「ふふふ」と照れ隠しの微笑をこぼす。

「それでしたら皆様は他国へ行っても楽しめそうですね。いいなぁ」

「リナーテ嬢。淑女D科にも語学の授業があるじゃないか」

いとも容易いことのように言うイードルにリナーテは驚きで目を丸くしフェリアたちは目を細めた。

イードルは先程の浮かれた気分を撃沈させ慄く。

『また……間違えた……？』

『口に出さなくてよかったぁ……』

『うっぷ……あぶない』

「何もご存知ないとは思いましたが……」

フェリアの呟きに項垂れるイードル。また無知故(ゆえ)の暴言をしてしまったようだ。サバラルとゼッドは口をピクピクさせている。

『そうだ。クラリス嬢が語学を苦手としていたのを知って、フェリアの努力を理解したのだった。なぜその時淑女D科はどうかと考えなかったのだろう……』

イードルは自分の考えの浅さに落胆した。

『はっ！　笑顔！』

自分をフォローするように顔を上げて笑顔を作る。自室でもメイド長に指南された笑顔なのでだいぶ様にはなってきている。

「リナーテ嬢。先程、先生に答えた「勉強中」とはどういう意味だい？」

サバラルは知らないことは聞くべきだと思い、素直に質問した。イードルも聞く体制をとる。

「淑女D科の語学は「丁寧語・敬語」なんです！」

「「「は、はあ？？？」」」

イードルたちは首を傾げた。

「だって、家族に敬語なんて使わないよ。弟や妹には怒鳴ることもあるし。幼馴染みとかにも普通にしゃべるよねぇ。幼馴染みって基本平民だし。領地にいると周りには平民しかいないでしょ。あ、普通ってこんな感じね。町中でもこの喋り方だよ」

今までにないほどのリナーテの饒舌さにあ然とする。

「パン屋のおばちゃんには『パンちょうだーい』って大きな声で声かける。『パンを一ついただけますか?』なんて言ったら、『熱でもあるのかい?』って心配されちゃうね、きっと。お父さんお母さんも家ではもちろん、外でも敬語なんて使わない。二人はパーティーとかでは使うのかな? わからないや」

リナーテの人差し指を顎に当てて考える仕草は可愛らしいが、三人はもうときめいたりはしないようで、頬を染めることはなかった。

「パーティーへ行っても、同じくらいの爵位の女の子たちといるからこんな喋り方だよ。男爵令嬢や子爵令嬢の友達とお茶会はするけど、「わたくし」って使う人はいないもんね。茶会っていってもこんなにしっかりしたものじゃないからね。いつも家で飲んでるお茶だし。お金をかけたくないから手作りお菓子は出すけど、それはお砂糖が入ってないから甘くないし。んー、わかんないけど私たちのお菓子には、他にも何か足りない気がする。バーバラ様の手作りクッキーは美味しかったなぁ。あんなの自分で作れるなんてすごいよねぇ! 甘いだけじゃなくて、あのサクサク感! 最高だったぁ!」

「ありがとうございます」

バーバラが頬を染めた。バーバラの可愛らしさにカラカラと口を大きく笑うリナーテ。それを見たイードルたちは口を半開きにした。笑い方さえも高位貴族から見たら淑女らしからぬ笑いだ。イードルたちが付き纏っているときには見なかった笑顔だった。

『そういえば、僕達が近寄る前はこの笑顔だったかもしれない。だから男子生徒たちに注目されていたんだ。僕達はリナーテ嬢の笑顔を曇らせた……。僕達は……』

サバラルがチラリと横を見ればイードルもゼッドも無理しているような笑顔を作っていた。サバラルも気合を入れて笑顔を作る。

「そのお菓子。僕もいただきたかったよ」

「リナーテさん」

サバラルの言葉と被るように、少し離れたところにいた教師から注意が入った。

「先生。申し訳ありません。わたくしがリナーテ様に普段の喋り方をしてほしいと申しましたの」

「そうですか。それはよろしいのですが、大声で笑うのははしたないですよ」

「はい。先生」

フェリアがフォローしたこともあり、リナーテは素直に返事をする。教師が数歩近づいてきた。

「わかっていただければよろしいの。お勉強の最中ですものね」

教師はお手本を示すように笑顔を向けた。

「はい。ご指導よろしくお願いします」

リナーテが座ったまま頭を下げるのを見て優しげに微笑した。教師はまた別のテーブルの様子を見るために離れていく。

リナーテは教師へ向けていた視線をテーブルのみんなに向けた。

「あれ？　何のお話でしたっけ？　あ、そうそう」

一つ息を深く吐き出すと笑顔を消した。

「この学園に入学するまでは、先程のように話しておりました。敬語を聞いたこともあまりなく、話したことなど全くありませんでした。それが私たちの生まれ育った環境です。実家の近くで働くのなら敬語が使えずとも問題ないとは思いますが、どこかのお屋敷のメイドとして仕えさせていただくとか王都の商店で働くとなると、敬語が話せないことは致命的でしょう。そのために勉強しております」

リナーテが『〆』というようにニッコリとしたが、作り笑いも下手であり、頬が引きつっている。

『『笑顔のレッスン、ツライよなぁ』』

三人はマナーレッスンでの厳しさを思い出して、一生懸命に笑顔を貼り付けた。リナーテもまた「好きなときに好きなように笑う」のが当然の環境で育ってきた者の一人だ。

「だが、騎士たちは粗野な話し方を直していないが、何も問題ないぞ」

ゼッド自身は鍛錬場で過ごす事が多いため自然にフランクな口調が板についてしまった。イードルに友人認定されてからは尚更敬語を使う機会は減った。それでもいざという時には敬語をしっかりと使える。

「そういえば、地方文官や執事を目指す者は紳士D科でもやっていると聞きました。僕の領地の管理人補佐をする者は子爵家の次男や三男もいるんですよ」

サバラルが思い出したように補足した。

広い領地の遠方の町には管理人を雇っている。その補佐ということだ。

紳士科下部の子爵家男爵家の次男、三男が運動神経がいいとは限らないため、兵士や騎士を目指すD科と、事務仕事や商店務めなどを目指すE科は授業が異なり、E科の卒業生は仕事として高位貴族家の地方文官になることもある。

「というわけで、淑女D科では、大陸共通語を使える者もいません。ましてや、他国語など、全く無理です。淑女A科の皆様は素晴らしいです。尊敬します！」

淑女A科を褒めるリナーテにフェリアは自然と笑顔になる。

「まあ、リナーテ様。刺繍はリナーテ様の足元にも及びませんわ。先日の発表会の作品。感嘆してしまいましたわ」

「ええ。本当に。繊細で明彩で。デザインにもテクニックにも驚きましたわ」

「三人よりもすごいのか？」

イードルは刺繍の時間にテーブルに並べられたフェリアたちの作品に驚いていたのに、それ以上ということにさらに驚愕する。サバラルとゼッドもコクコクと首肯する。

「それはもう、本当に素晴らしいです。わたくしたちでは淑女D科の皆様には敵いませんわ」

「お褒めいただき光栄です。皆様がご本をお読みになられたり、語学を勉強されている時に、針と糸を持っておりますから」

リナーテは胸の前で拳をグッと握って気合を表す。

「リナーテ様は二年生の優秀賞でしたのよ」

「ほぉ！」「へぇ！」「おお！」

リナーテが頬を染めて俯いた。

「リナーテ様はそちら方面にご興味がございますの？」

リナーテはバーバラの質問に目を輝かせた。

「そうです！　まずは王都の仕立て屋で働き、いつか自分のお店を持ちたいです」

「まあ！　ステキですわ。その時にはわたくしもドレスを注文に参りますわね」

「「わたくしもっ！」」

「うわぁ！　嬉しいです！　頑張ってオーナーにならなきゃですね！」

まだ丁寧語が半端なリナーテだが、ここでそれを指摘するほどの野暮な人間はいない。

不思議そうな顔をする男性陣にバーバラがフォローする。

「お裁縫や刺繍は女性の手仕事として人気のお仕事ですのよ」

「家庭内でも必要不可欠です。弟たちはすぐに服を破るので」

「僕も幼い頃にメイドに繕ってもらったよ。ズボンの膝の穴が魔法のように直って戻ってきて驚いたんだよね」

バーバラは幼い頃、庭を一緒に駆け回ったサバラルを思い出し優しく微笑む。

「そういえば騎士団内にも裁縫室に務める女性がいるな。あれを自分でやらねばならなくなると……ツライぞ」

ゼッドは刺繍の時間に不器用さが露見し、裁縫ができる者へ敬意を覚えている。

「騎士様の鍛錬は訓練服が破れてしまうほど激しいですものね」

練習を見に行くことがあるルルーシアがゼッドに続く。

「昨年、私の従姉妹がそちらのお仕事に就きました。従姉妹ももちろん淑女D科卒業です」

女性陣は笑顔で頷く。それぞれの立場と生い立ちで、適した仕事や責任が違うので騎士団の縫い物係を貶したりはしない。

「騎士様はカギ裂きが多いから千鳥がけやかけはぎが大変だと申しておりました」

「「「？？？」」」

男性陣からすると呪文のような言葉が飛び出る。

「うふふ。難しい縫い方があるということですわ」

三人の間抜けな顔にフェリアは教えながら笑っていた。

リナーテがニヤリと笑った。

「でも、気になる騎士様にはそこに刺繍を施したりするそうです」

「「まあ！　ロマンティックですわねぇ！」」

「ヤツのクローバーはそういう意味かっ！」

ゼッドには思い当たることがあった。

「ならば、あの剣の刺繍も女性からのプレゼントか！　部屋付きの護衛も腕あたりをやたらと撫ぜていて、何かと思えば剣の刺繍だったから、不思議な動きをするものだと思っていたのだ」

しばらく騎士団内の恋話で盛り上がった。

「それにしてもお三方とも、美しいですね。もう殿方には見えません」

話題を変えたリナーテはからかうように言う。

「ファンクラブができているそうですわ」

女性陣はクスクスと笑うが、イードルたちは笑顔を消して苦い顔をする。その噂はイードルたちの耳にも入ってきており、どう対処すべきかと悩んでいたところだった。

「イードル殿下は美しく、サバラル様は可愛らしく、ゼッド様は凛々しい。本当に色々な好みに答えられる。ファンにとっては選び放題ですわね」

「もういっその事、お名前をずっとイェリア、サーバラ、ゼルーシアになさったらどうです？」

「「「断るっ‼」」」

三人は家で母親からその名で呼ばれており、辟易していた。リナーテの冗談を真顔で答える三人に、女性陣は笑いが止まらなかった。

和やかな雰囲気で過ぎる茶会の授業が終わる頃、イードルが意を決して声を上げた。

「明日、このメンバーで話ができないだろうか？」

明日は休日である。イードルの意図をすぐに理解したサバラルとゼッドも首肯する。

「是非お願いします」

「頼むっ！」

三人は頭を下げた。四人の少女たちは顔を合わせて頷き合った。

「わかりましたわ。わたくしのお屋敷でよろしいかしら？」

フェリアの家での集合時間などを決めている間に授業の終了時間となった。


翌日の昼過ぎ、フェリアの自宅の中庭に用意されたお茶の席は、色鮮やかなお菓子たちがこれでもかと並べられている。これはフェリアが六人を大変歓迎しているという表れである。

それなのに、イードルとサバラルとゼッドは所在無げに落ち着かない様子で不安な表情をしていた。

なぜなら、メイドはフェリアに指示されたようにそれぞれを案内をし、その席に着席してもらっているのだが、それは四角い大きなテーブルに、男女が左右に分かれて座っている状態だったからだ。

『『婚約者との距離が……遠い……』』

イードルたちと違い、淑女たちの余裕の笑顔に背中に汗が流れるのを感じた。


「フェ……リア?? これは茶会の席だよね？」

「ええ。イードル殿下の仰る通りですわ」

「中庭での茶会は丸テーブルが主流なのではないのか？」

「それでは席が決められませんので」

フェリアは笑顔で答える。

「昨日は、その……隣にバーバラがいてくれましたが……」

「サバラル様。それは昨日の貴方様がサーバラ様だったからですわ」

バーバラの答えに三人の男性陣は目を丸くした。それはリナーテの冗談だと思っていた。

「ど……どういうことだ？」

「ゼッド様。他人である男女が親しくお隣に座ることなどありえないでしょう？　ゼルーシア様でしたら並んで座ることはできますが」

ルルーシアがニッコリと微笑んで隣に同意を求めればフェリアとバーバラが輝く笑顔で首を縦に振る。

イードルたちの本日の装いはとてつもなく男性らしい姿で、パーティーに行けば女性たちが放っておかないだろうと簡単に想像できるほど素晴らしいものだった。

そう。決して女性には見えない。

「「「た……にん……」」」

「「「ですわねぇ！」」」

悲痛な嘆き声と明るい声が重なる。三人の女性がニッコリとして小首を傾げて同意した。

ガタカタッタン!!　とメイドも驚くような勢いで男性陣が立ち上がった。

「「「申し訳ございませんでしたぁ！」」」

そして直立から深々と頭を下げた。

「あらあらまあ。随分と気が合いますこと」

フェリアたちは目をパチクリとさせる。

「立たれると威圧されているように感じてしまいますわ。お座りになってくださいませ」

三人は素直に従う。

「実は昨日の茶会の後に二人を私の部屋に呼んだんだ」

「まあ！　作戦会議ですか？」

「ち、違うっ！　私が一人で謝っては抜け駆けになってしまうから、私の気持ちを二人に言っておこうと思ったのだ」

イードルがそう説明した後、三人は交代で口々に反省の弁を述べていった。女性陣は何も言わず、目尻を下げ、少しだけ口角を上げて優しげに聞き入っていた。

イードルたちの反省を一しきり聞くと、フェリアはメイドを呼んでお茶の入れ替えた。良い香りがあたりを包む。

「わたくしはバーバラ様のように手作りはできませんが、我が公爵家の料理人が腕によりをかけて作りましたの。皆様、是非召し上がってくださいませ」

フェリアは場を落ち着かせて和ませようしたが、反省を述べたものの、赦すとも赦さないとも言われていないイードルたちはしょげて下を向いていて、お菓子に手を出す様子がない。

「お三方。お茶会は笑顔！　男爵令嬢の私でも習いましたよ」

リナーテに喝を入れられ、イードルたちは顔を上げて引き攣り笑いをした。この二週間の成果で笑顔を保つのもだいぶマシになっていた。

「もう……。仕方ありませんねぇ」

リナーテが話しだしたことに、フェリアとバーバラとルルーシアは顔には出さないが驚いていた。女性たちも昨日作戦会議をしていたが、リナーテは最後にガツンと言う予定だったのだ。

フェリアたちもリナーテが何を言い出すのか予想もできないで、見守る他に無かった。

「反省なさっていることは、まあ、少しはわかったのです。……ですが！　みなさまは婚約者の方をどう思われているのですか？　それが全くわかりません！」

リナーテの質問にイードルたちはキョトンとして頭でリナーテの言葉を反芻すると、顔を真っ赤にさせた。イードルたちの今までにない反応にはフェリアたちは目を見張るが、淑女としてパッと扇で隠した。

イードルたちは、そんな彼女たちの様子を見る余裕もなく顔を作ることもできずに目を泳がせた。トマトのように真っ赤になったイードルが口火を切った。

「あの……その……。細やかな気遣いのできる素晴らしい女性なのだなと……」

イードルがフェリアを褒めだすと、サバラルとゼッドがウンウンと首肯した。

「それは、バーバラもですよ。それにバーバラは妖精のように踊りますよ。いつもは僕は手を取っていたのでわかりませんでしたが、授業で外からバーバラを見た時は衝撃的でした。バーバラは軽やかでとても可愛らしい。授業はお相手が女性でしたからよかったものの、これからは家族以外にはもう触らせたくありませんよ」

サバラルはバーバラのダンスを思い出して目を瞑って天を仰ぐ。毎晩のように夢に出てくるバーバラには、不吉な言葉を言われているが、それでも余りあるほどサバラルはバーバラの可愛らしさを好んでいる。

「ルルーシアは気遣いもダンスも素晴らしいぞ。俺に合わせてくれる事がとても上手いと思っていたが、なるほど男性パートも完璧だった。とても凛々しくて女性ファンがいるのも頷ける。それに歌声はオペラのようだ。よく通る歌声に鳥肌が立った。音楽の授業でしか聞けなかったことが残念でならない。今度我が家でコンサートをやりたい。あ！　だが愛しい歌声を男どもに聞かせるわけにはいかない……。どうすればいいのだ……」

ゼッドは眉間に皺を寄せて本気で悩み始めた。男どもと言いながら、弟たちを思い浮かべていることは本人だけが知っているのでこの悩みは本気だ。

「フェリアのピアノの調べを聞いただろう？　あれを聞けば野山も春と勘違いしてしまうだろう。そうだ。王宮の庭にピアノを置けるスペースを作ろう。私はその隣でお茶をするのだ！　うん！　フェリアの調べは私だけの独占だ。夢の世界だなぁ。それに！　それにだっ！　フェリアは知識が豊富で何でも相談できる」

イードルは自分の言葉にウンウンと肯定する。

「法律に関してはフェリア様よりバーバラでしょう。公正な見識は素晴らしいです。バーバラが改善を求めたレポートを父上に見せたところ、とても感心していましたよ」

「地理を熟知した領地計画ならルルーシアには及ばない。ルルーシアが勧めてくれた植物の種をトステ王国から取り寄せているところだ。ルルーシアはきっと領民に愛される」

「フェリアは国民に愛されるぞ。フェリアの笑顔だけで心が和むのだから。まさに聖母の微笑みだな。王宮のテラスから手を振るだけで皆が幸せになるだろうな」

三人は捲し立てるように婚約者たちの自慢話が止まらなかった。

興奮して話すイードルとサバラルとゼッドは、互いに目を合わせて我も我もと婚約者自慢をひけらかす。先程『他人』と言われたことなどすっかり忘れている。

「「「もう！　おやめくださいっ！」」」

フェリアとバーバラとルルーシアは耳まで真っ赤にさせて顔を手で覆い俯いてしまった。

イードルとサバラルとゼッドはハッと我に返る。

「すまない……」

「ごめんなさい……」

「すまん……」

こちらも再び真っ赤になって俯いた。

「はいはい。みなさんがどれほど婚約者様を自慢に思っておられるのかはよぉくわかりました。みなさん、気がついておりますか？　みなさんが自慢に思う婚約者様の良いところは、私には一切当てはまりませんよ」

「「「うっ!!」」」

リナーテは目を細めてイードルとサバラルとゼッドを見た。

「「「それは……その……」」」

男たちは口籠る。

「みなさんが今ひけらかしたお話はご自分のお好みであるということなんですよ。つまり、私はみなさんのお好みには当てはまらないっ！」

腰に手を当ててはしたなくもビシッと指差すリナーテに、イードルたちは絶句した。


リナーテは立ち上がり、威圧感を出す。

「なのになぜ、私に言い寄ってきたのかっ」

バン！　と大きな音をたてて前のめりになるリナーテが、テーブルを叩くと三人は仰反る。

「それはズバリ！　英雄症候群です！」

リナーテは身を乗り出して強く言った。

「「「英雄症候群！！？？」」」

イードルたちは口をパカンと大きく開けてしまった。

ここ数年、巷では『貧乏令嬢の下剋上物語』なる本が大人気となっていた。身分の低い令嬢が高位貴族令息に助けられ、高貴な令嬢になっていく物語だ。その物語の高位貴族令息はあれこれと貧乏令嬢の世話を焼き、貧乏令嬢は小さな蕾から大きな華になっていくのだ。高位貴族の令息にも関わらず、下位貴族令嬢に手を差し伸べるヒーロー、つまり英雄となる。

紳士科でも巷で流行りの本について話題になっていた。三人はその物語を実際には読んでいないが、紳士科の男たちの会話の中では何度も出てきた。

「俺たちがやっても単なる嫁探しになってしまいますけど、高位貴族のみなさんなら、まさに物語のようですよね」

「学園内でしかできませんしね」

「そういうのってかっこいいですよ」

「きっと女性たちからもモテるでしょう」

「誰にでもできることではないです」

男たちにも憧れられる存在になることに優越感と高揚感が湧き上がった。

そんなタイミングで現れた男爵令嬢リナーテは可愛らしい容姿で、まさにヒロインにふさわしく、始まりは『好き』ではなく『守らなくては』という思いからだ。

　つまりは物語のヒーローに憧れるガキに祭り上げられた偽ヒーロー。そして偽ヒーローもまたガキだったというオチである。

「周りに乗せられて浮かれてしまいましたかぁ……？」

　リナーテが下目で睨めば三人は縮こまる。そこにさらに追い打ちがかけられた。

「そんなものは、物語だから楽しめることなのです！　現実に起こったら、気持ち悪いだけです。みなさまがお好きなのは私ではなく、男爵令嬢に手を差し伸べる自分！　自己満足の自己陶酔の自惚れ屋です！　ただの子供です！」

『お……愚か者か……』

『かっこ悪すぎでしょう……』

『間抜けだ……』

　イードルたちはリナーテの言い分に心当たりがあり、顔を青くした。

「少年の心を持つことは褒められることもありましょう。ですが、貴方様は王子殿下です。婚姻間近にも関わらずお心がお子様では困ります」

「はい……」

「現実をしっかりと見てその分析をし、国民の幸福のために仕事をすることが宰相のお仕事。宰相に

HERO SYNDRO

なられるおつもりなら、現実を見て殿下にご注進申し上げるくらいでなければなりません」

「そうですね……」

「英雄になるため、単身他国に攻め入るほどの夢見がちな男なのかもしれないと恐怖いたしましたわ。いつまでも夢を見ていないでくださいませ」

「わ……わかった」

これまでリナーテの勢いに任せていたフェリアとバーバラとルルーシアはそれぞれの婚約者に苦言を呈した。婚約者からの鋭い指摘にますます縮こまる。

「おわかりになりましたか？　みなさまは婚約者様をご覧にならず、ご自分に酔いしれていたのです。現実を見ず夢を追っていたのです。なんと愚かで、なんと恥さらしで、なんと不気味なのでしょう！」

男爵令嬢が王族や高位貴族令息に対して言っていい言葉ではないが、三人共反論できずにいた。それは、己の婚約者が堂々と話すリナーテを優しく見ていたからだ。

「「「すみません……」」」

ここで反論すれば、せっかく雰囲気がよくなってきたことを壊すことになりかねないと察知していた。

とはいえ、反論の余地などない！

リナーテの追撃は止まらない。

「そもそも！　その『男は女を守る者』的な考えってどうなんですかね？　みなさんは淑女A科でお勉強なさってみて、自分が守ってやってるって思いましたか？」

リナーテの言葉が突き刺さる。

「いいえ、思いません。むしろ逆だと……」

「僕を助ける準備をしてくれていると感じました」

「俺が頼ることになるだろうと思っています」

ゼッドでさえ敬語だった。

「ですよねぇ！　婚約者様の優秀さがなかったら、国民を導く事も国政を担う事も安全を守る事も領地を経営する事もできませんよねぇ？」

「「「はい、そうです」」」

「確かに私は男爵令嬢にしては可愛いと思いますよ。それは本当に両親に感謝しています。見た目で得をすることはよくありますし」

六人がコクリと頷く。それを見たリナーテは自然に野菊のような笑顔になる。気持ちが落ち着いて着席した。

「だけど、高位貴族のご令嬢の皆様は元々美しく麗しいだけでなく、それを磨き上げ、保ち、高みを目指す努力をなさっております。お三方も体験なさったと聞いてます」

イードルたちは毎晩の美容タイムが脳裏にくっきりと蘇りブルッと震えた。

「私も今回フェリア様のおうちのメイドさんに施していただいたのですが、気持ちいい部分ももちろんありました。メイドさんたちのテクニックは素晴らしいです。でも、あれを毎日って時間も体力もものすごく使うし大変だなぁって思いました」

イードルたちがコクコクと勢いよく首肯し、フェリアたちは苦笑いした。

「さらには毎朝のコルセットとお着替えとお化粧ですよ。どれだけご苦労なさっているか……」

リナーテがフェリアたちの苦労を鑑みて少し暗い顔をした。イードルたちもそれに同意するように俯く。

「それに、可愛いだけで特級淑女になれるわけないじゃないんです。フェリア様たち淑女A科の皆さんが幼い頃からどれほど努力なさったと思っているんですか？　私達下位貴族だって努力はしてますよ。でも努力の方向が違うのです。フェリア様たちはお庭でお花のお世話はできても畑で鍬を振ることはできないでしょう？　私達だって、ずっと読書をすることもダンスを優雅に踊ることもできません。ましてや語学や領地経営など難し過ぎます。だって、それぞれがそうやって育ってきているのですから」

「そうだな……」

リナーテはスッと頭を上げた。

「みなさんっ！」

イードルとサバラルとゼッドが頭を上げて姿勢を正す。

「美容もマナーも教養も、一朝一夕でできるものではないとご理解いただけましたか？」

「「「はいっ！」」」

男爵令嬢への返事ではないがそれを咎めたり笑う者はいない。

「フェリア様、バーバラ様、ルルーシア様が誰のために努力なされているか、おわかりになりましたか？」

「「「っっっ!!　はいっ！」」」

その指摘をフェリアたちは予想しておらず、頬を染めたが、サッと扇で隠してしまったので教師を見るようにじっとリナーテを見ているイードルたちの目には入らなかった。

「本当にすまなかった」

イードルが頭を下げれば、サバラルもゼッドも頭を下げた。

戸惑うことなく謝罪した男たちにびっくりした女性陣であるが、あまりに泣きそうな顔で俯く男たちを見て笑い出した。

しばらくすると男たちも顔を上げ、照れ笑いになった。

和やかな時間が過ぎていく。

「ずっと不思議に思っていたのだが、母上たちや学園までもが協力していたのは、どんな魔術を使ったのだ？」

イードルの質問にまた笑いが起こる。この世界に魔術は存在しない。イードルの冗談混じりの質問である。

「それはリナーテ様からご相談を受けたからですわ」

フェリアは妖艶に微笑んだ。


イードルたちが通う学園には『学生であることを弁え、社会勉強をしていく』という教えがある。

学生同士なので教えを請う時に下位貴族の子女から高位貴族の子女に話しかけることはあるし、高位貴族の子女も気が付けば声を掛け合うのでギスギスした雰囲気はない。

しかし、それでも下位貴族の子女から高位貴族の子女へ気安く話しかけることは、なかなかない。

そんな中、リナーテは決死の覚悟でフェリアたちへ話しかけたのだ。

＊＊＊

遡ること半年程前のある日の昼休み、女子専用の庭園でフェリアとバーバラとルルーシアは優雅にお茶を楽しんでいた。

そこへスライディング土下座をしてきた女子生徒がいた。それがリナーテだ。前触れもなく突然の突撃である。

「フェリア様。バーバラ様。ルルーシア様。学園内での噂は皆様のお耳にも届いていると思います。本当に申し訳ありません。でも、でも……」

リナーテは涙で乱れた顔を上げた。

「だずげでぐださぁい」

おでこに土を付け、情けなく歪んだ顔を隠そうともしないリナーテに、フェリアたちはびっくりし過ぎて思わずカチャリと音をたててカップを置いた。

「と、とにかくお座りになって」

フェリアの目配せで、近くで給仕していた学園のメイドがリナーテを立たせて席へ座らせようとする。

学園のメイドは主に子爵家の令嬢であるので、リナーテにとっては格上となる。リナーテはわかっているので涙を流し謝りながら立ち上がり、メイドに従って椅子に腰掛けた。

椅子に腰掛けても鼻から涙を流して謝るリナーテに、メイドたちも悲哀の表情を隠せない。

「ずみまぜん。ずみまぜん。わだじ、リナーテと申じます。男爵家の者でず。がっでにお名前をお呼びしでずみまじぇん」

別のメイドがタオルと水を用意してリナーテに渡す。リナーテはお礼を言って受け取り、水を一気に飲み干した。メイドがおでこの土を拭いてやっている。

フェリアたちはリナーテが落ち着くのをジッと待っていた。

三人はゴシゴシとタオルで顔を拭くリナーテに憐れみの眼差しを向けて、小さくため息をついた。

「お噂は聞いておりますわ。名前のことはかまいませんわ。わたくしたちもリナーテ様とお呼びしてよろしくて？」

「あい。おねばいじます」

「イードル殿下方がリナーテ様にお声掛けなさっているそうですわね」

リナーテはタオルを握りしめてコクコクと頷く。

「でも、安心なさって。わたくしたちは巷で話題になっているような『悪役令嬢』にはなりませんわ」

『貧乏令嬢の下剋上物語』だけでなく『悪役令嬢断罪物語』も流行していた。

「ええ。そうですわ。リナーテ様から言い寄っているわけではないことは承知しておりますもの」

噂になってすぐに調査して、リナーテにはその気がないことは三人に報告されている。

「お三方――イードルとサバラルとゼッド――が夢を見ていらっしゃるだけですわ。お心幼き者たちが戯れているにすぎないのですわ」

「殿方とは、得してそのようなものだと淑女の皆様から教えられておりますものね」

　ここで言う淑女の皆様とは母親やお茶会で会うご婦人方のことである。その方々からのアドバイスで、そのような遊びはすぐに飽きるか反省するだろうと考えている。

「『悪役令嬢』を期待している方もいらっしゃるようですけど」

「リナーテ様を虐めるなんてありえませんわ」

「「ねぇ！」」

　三人はクスクスと笑った。

「でも、でも……。ぞうはおぼってぐれだいがたもでぃらっしゃるどです……（そうは思ってくれない方もいらっしゃるのです）」

　三人は目を合わせる。そしてまさかの事態が思い浮かぶ。自分たちを慮（おもんぱか）ってなのか、おこぼれを拾いたいのか、お近づきになることを狙っているのか……目的は定かではないが、他の者が『悪役令嬢』の如き行動するとまでは考えていなかった。

　フェリアたちはそう言われてすぐに思い当たる者たちがいた。淑女A科二組のクラリスたちである。

クラリスたちは実際にフェリアたちのために怒っているわけではなく、ただ単に高位貴族であることをひけらかしたいだけなのだろうと予想できた。またはあわよくば、『男爵令嬢を躾けられないフェリアたち』と『男爵令嬢にもかかわらず図々しくも王子殿下に言い寄るリナーテ』を蹴落としてイードルの婚約者の座を狙っているのかもしれない。

フェリアとバーバラとルルーシアが身を引けば、王妃と宰相夫人と団長夫人の座が空く。

「まあ。それは申し訳ございませんでしたわ。急いで対処いたしますわ」

フェリアはすぐに了承した。

「あびがどうごじゃいます。よごしくおねばいじみゃす」

リナーテは深々と頭を下げた。

リナーテが気の済むまで泣かせ、落ち着いた頃にお茶をすすめた。

「美味しい……」

リナーテがやっと少しだけ笑うと、フェリアたちもホッとしたように微笑んだ。

「あのぉ……それと、イードル殿下から王宮に招待されました。お三方とお茶会をするそうです。それは私には無理です」

「そ……うでしょうねぇ」

ルルーシアの同意に二人も苦笑する。下位貴族のお茶会と高位貴族のお茶会ではマナーも全く異なる。

「リナーテ様は高位貴族のお茶会に参加されたことはありませんの？」

　リナーテはブンブンと音がなるほど首を横に振った。

「でしたら、いきなりは無理ですわよねぇ」

　三人は同情を含めて力なく笑う。

「パーティーに誘われたり、プレゼントを贈ると言われたり……。私……嫌なんです」

「「「ですわよねぇ……」」」

　興味のない男、ましてや婚約者がいる男に言い寄られても、リナーテには迷惑なだけであった。

「物語じゃないんですよぉ。そんなの嫌に決まっているじゃないですかぁ……。何度も何度も断ったのです。でも、『照れなくていい』とか『遠慮するな』なんて言ってきて……。言葉が通じないのです。どうしてあの方々はわかってくれないのでしょうかぁ」

　リナーテは再び情けないほど崩れた顔を晒した。再び泣き始めてしまったリナーテにフェリアたちも哀れに思った。

「わかりましたわ。王妃陛下にご相談してみますわ」

「わたくしもサバラル様のお母様にご相談してみましょう」

「わたくしもゼッド様のお母様とお話しますわね」

リナーテは泣き顔のままお礼を言った。

数日後、イードルには内緒で王宮の庭園で女性七人のお茶会が開かれた。リナーテのマナーの不出来はフェリアたちの説明により目を瞑ってもらえた。

というより、王妃陛下たちは可愛らしいリナーテの様子を楽しんでいた。余裕のないリナーテにはわかっていなかったが。

「うふふ。確かにリナーテ嬢には手を差し伸べてしまいたくなりますわね」

王妃陛下の冗談に六人で笑い、リナーテは青ざめる。それもまた笑いを誘った。

イードルが計画していたリナーテを招待するお茶会は、王妃陛下の一言で中止となった。

イードルはとてもがっかりしていたが、厳格さの鑑である王宮のメイド長に忙しくて準備ができないから延期してくれと言われれば頷くしかない。

イードルはサバラルとゼッドの家でと促したが、サバラルとゼッドの家でもメイドにはっきりと断られた。

三人はそこで母親の関知を察していれば女装はなかったかもしれない。メイドを仕切れるのは女主人である母親だけなのを気が付くべきであった。

「リナーテ様のご相談を受けて、王妃陛下のお茶会が開かれましたの。参加者は王妃陛下を含めて七人です」

フェリアの説明にイードルとサバラルとゼッドは顔を青くした。

「とても楽しいお茶会でしたのよ。参加者のお名前を言いますか？」

バーバラの質問にブルブルと震えるように首を横に振った。ここにいる四人と自分たちの母親であることは明白である。


イードルたちは、そのお茶会の様子を想像するだけで気が遠くなりそうになったが、下っ腹に力を入れて堪える。

「そして、これは王妃陛下のご計画ですわ。でなければ学園まで巻き込めませんもの」

ルルーシアが微笑む。

三人はそれぞれに卒倒しかけながらも堪える。

「われ……われはどうしたらよいのだ……」

宙に目を向けたイードルが呟いた。

「反省なさいましたか？」

フェリアが目を細めると、三人はハッと我に返りフェリアの顔を見る。そして今度は千切れんばかりに縦に首を振った。

フェリアたちは本当の笑顔をやっと見せた。イードルたちはホッと胸を撫で下ろす。

フェリアとバーバラとルルーシアは目を合わせて頷く。

「わたくしも無理に『婚約破棄』へと導いた自覚はございますし、今回は赦しますわ」

「フェリア。ありがとう」

「わたくしも無理矢理引き込むようにいたしましたし……、しかたありませんわね」

「バーバラ。嬉しいよ」

「侯爵夫人もご協力いただきましたから、キツイお仕置きにはなったと思いますの。水に流して差し上げますわ」

「ルルーシア。すまない」

「だが、私たちはフェリアたちが築いてきた地位や立場を揺るがすような行為をしてしまった。すべて元に戻せるとは思わないが、それを払拭する手助けをしたい。昨日は三人でその気持ちを確認し合った」

イードルの真剣な言葉とサバラルとゼッドの真剣な瞳に、フェリアたちは優しく微笑む。

「それでしたらあるお役目を担っていただきましょう」

女性たちはニッコリと笑みを深めた。男たちは背筋に冷たいものを感じたが、自分たちから進言したので反論はできないし、ましてや『話を聞いてから判断させてください』などとお願いできるわけがなかった。

「そのお役目も王妃陛下のご計画ですわ」

『判断の保留をお願いしなくてよかったぁ』

三人は心の中で安堵した。

第六章

フェリアの自宅での茶会から六週間後、中庭告白事件から二ヶ月後。学園の講堂内の舞台上にはドレスに着飾ったイードルとサバラルとゼッドがいた。もちろん、女性四人も舞台上だ。

「淑女A科ではこれほど高度な学問を収めるのか。安心して領民を任せられるな」

棒読みのイードル。

「淑女D科はこんなにも繊細な手仕事を学ぶのですね。接客のマナーや言葉遣い、さらには掃除や調理まで学べるそうです。将来の仕事の役に立ちそうですね」

リナーテの作品を広げて感嘆の声を出すサバラル。

「それぞれ立場にあったものが学べるとは素晴らしいことだ」

腕を組んで男らしく首肯しながらのゼッド。

＊＊＊

春うららかな今日は学園説明会だ。二年に一度開かれる説明会は、来年度と再来年度に入学する予定の貴族子女たちが見学に来る。今年も多くの者が来園している。

来年度の入学生は二ヶ月後には所属科の決定、そして四ヶ月後には入学式が行われるため、とても大切な説明会である。

説明会では所属科を決める際のポイントなどを説明するため、生徒たちが舞台上で模擬試合をしたり学習成果を発表したり、廊下には作品を展示したりしている。

舞台のある講堂の二階席には、イードルたちの母親たちが優雅に微笑んで舞台上の発表を楽しんでいた。

イードルの母親は当然王妃陛下だ。まだデビュタントを終えていない少年少女たちは、王妃陛下の微笑みに感激していた。その親も近くで王族を見る機会を持てたことを喜んでいる。

イードルたちは寸劇に出演することになっていた。自分たちの出番を待つ間、緞帳の陰から王妃陛下の様子をニコニコしながら見ているリナーテ。リナーテにとっても王妃陛下は雲の上の存在である。

リナーテは徐ろに振り返り、後ろで緊張しているイードルたちに笑顔を向けた。

「殿下たちに一つだけ感謝していることがありましたっ！」

「えっ!? 何だい？」

「王妃様とお茶をできたことです！」

「そ、そうなんだ」

イードルたちは顔を引き攣らせた。

「はいっ！　私、ここ――学園――を卒業したら平民になるんですけど」

イードルたちは絶句する。

リナーテには下位貴族への嫁入りの予定もない。もしかしたら自分たちが邪魔をしたせいではないかと思い当たる。

「あっ、私が平民になることは気にしないでくださいね。元々、貴族に嫁いで大人しくするってタイプじゃないし、ここで恋愛しても下位貴族の次男三男かなぁって思ってますし」

『『やはり恋愛の邪魔となっていたのだ……』』

「平民にしてみれば、王妃様とお茶をしたなんてまさに夢物語ですっ！　私、子供ができても孫ができても自慢しちゃいますっ！」

リナーテの眩しい笑顔にイードルたちは頑張って笑顔を向けた。イードルたちの作り笑顔もたった八週間の練習だが上手くなりつつある。リナーテは作り物ではない本気の笑顔。作り笑顔はすでにイードルたちに負けている。イードルたちはさすがに王族高位貴族の子息であるので、厳しく指導されることもそれに伴う努力の仕方もよくわかっている。これは幼い頃からの高等教育の賜物である。

「彼らが本気であと十年学べば淑女になりうるかもしれない」と思っている者もいるだろう。

イードルたちの発表の番だ。イードルたちの様子をまとめた台本は優秀な文官によって書かれた完壁なものだった。

話が進み、イードルたちが淑女科の教育に感心したシーンになる。

「淑女A科ではこれほど高度な学問を収めるのか。安心して領民を任せられるな」

棒読みのイードル。

イードルは棒読みで演技は下手だが、笑顔は板についてきた。練習ではもっと上手かったはずだが、二階席をチラチラと見て集中できていない様子だった。

『あの方をご覧になればこうなりますわね。それだけ反省なさっていると思うことにいたしましょう』

フェリアは仮面のように貼りつけた笑顔の奥でイードルを優しく見つめる。

「淑女D科はこんなにも繊細な手仕事を学ぶのですね。接客のマナーや言葉遣い、さらには掃除や調理まで学べるそうです。将来の仕事の役に立ちそうです」

リナーテの作品を広げて笑顔で感嘆の声を出すサバラル。

サバラルは演技も笑顔も上手い。これまで無感情なポーカーフェイスを装ってきたが、今ではだいぶ表情筋を使うようになっていた。

『強気なお心根のお方ではありませんもの、柔和なお顔の方がよろしいですわ。わたくしの前ではいつでも笑顔でいていただけるような雰囲気にしていきましょう』

バーバラは扇でニッコリとした口元を隠してサバラルに視線を送る。

「それぞれ立場にあったものが学べるとは素晴らしいことだ」

腕を組んで男らしく首肯しながらのゼッド。

ゼッドは練習でも下手だったので、ドレス姿だがゼッドらしく振る舞えばよいとされた。

『本当に裏も表も素直な方ですわね。演技ができないようでは、簡単に騙されてしまいそうですわ。わたくしがしっかりとしなくては』

ルルーシアは苦笑いでゼッドを見守る。

劇の内容にはもちろん、『婚約者を蔑ろにする者は愚か者だ』という注意も含まれている。

「夢物語などではなく現実をしっかりと受け止め、将来、我が国を支える一端となって欲しい」

なんとか蒼白のイードルが締めくくった。ドレス姿なので少し間抜けだが、美しいので問題はない。化粧もしているので蒼白なことを知っているのは舞台の上の者たちだけであった。


説明会の六週間前、イードルたちが謝罪した茶会の後に学園で集会が開かれた。建前は学園説明会のための打ち合わせということになっている。

「中庭でのことが話題になっているようだが、あれは学園説明会のための寸劇の練習であったのだ。説明会の際には、練習の成果を皆に見てもらいたいと思っている」

イードルは集会にて大々的に宣言した。

「もうしばらく我々がこの格好をすることになるが、それは説明会で実感を込めて説明するためと、私が王太子となるにあたり、貴族が学ぶ学園をよく知るためである。二人は私の付き添いだ」

学園の中庭で起こった『王子殿下、男爵令嬢にフラれる事件』は多くの者が目にしているし、イードルたちは未だにドレス姿である。

「三ヶ月という約束なのに二週間でギブアップなど、許しませんっ！」

婚約者たちは赦してくれたが、母親たちの怒りは収まっていなかった。王妃陛下の一言でドレス姿をあと六週間続けることになった。とはいえ、説明会の日にちは決まっていたわけなので、母親たちもイードルたちが三ヶ月保つとは思っていない。

ほぼほぼ真実を知っている生徒たちであるが、殿下であるイードルに宣言されてしまえば誰もが受け入れざるを得ず、ましてやフェリアたちも赦している様子であるので、波風を立てようとする者はいない。


ちなみに、王宮での茶会後、いつの間にか淑女D科に女子生徒が二人増えていて、その二人がいつもリナーテといた。クラリスたちは何度かからかいに行ったが彼女たちの眼力に、引き下がりながらリナーテを睨みつけていた。その二人は王宮メイドだが、淑女D科の生徒に目もくれないクラリスたちが気がつくことはなかった。『中庭でフラれる事件』でリナーテとフェリアたちの仲が良いことを見てとりそそくさと逃げたクラリスたちは、以降リナーテへの嫌がらせを一切止めている。王妃陛下にはこれも計算の内であるし、報告も当然届いている。

『クラリスは状況判断はできたようね。公爵令嬢としてギリギリ及第点。今度お茶に呼んで教育いたしましょう』

フェリアの王子妃教育が一段落したとみた王妃陛下は、フェリアが束ねる未来の社交界を良くするべく動き始めることにしたのだった。

クラリスが自室で人知れずブルリと震え、周りをキョロキョロしたことは本人しか知らない。

そして、クラリスは王妃陛下のおかげで侯爵子息へと嫁げることになったのだが、そのことはまた先のお話である。

＊＊＊

寸劇を終えたイードルたちが袖に下がろうとすると、学園長が舞台に上がってきて、手で『そのままで』と合図をする。そして会場への向いた。

「全員起立。舞台裏の者たちも私の後ろに並んでください」

他の出演者も含めて舞台に並ぶ。

「では、会場の方々は後ろを振り返ってください。そして、二階席にご注目ください。上王后陛下がご来場くださっております」

一階席にいた者たちは舞台の方へと移動して一目上王后陛下を見ようと首を伸ばした。

上王后陛下が立ち上がる。

イードルがチラチラと見ていた二階席にはなんとイードルの祖母の上王后陛下がいたのだった。混乱を起こさぬため、すべての発表が終わるまでは内密にされていた。だがさすがにイードルとフェリアは舞台の上からすぐに気がついた。

「最敬礼」

学園長から声がかかり二階席にいた淑女たちも含めて全員が頭を下げる。

「ありがとう。直ってちょうだい」

微笑みを湛えた上王后陛下に、会場には感嘆のため息と讃美の吐息があちこちで漏れた。

上王后陛下はこの寸劇が事実に基づいていることなどすでに知っているだろう。淑女のレジェンドの登場にイードルは顔を真っ青にさせて演技をしていた。

その上王后陛下が優雅に微笑む。

「みなさんの未来に大いに期待していますす。しっかりとお勉強するのですよ」

二人がドアから出ても歓声は鳴り止まなかった。

上王后陛下と王妃陛下は、最敬礼を受けることなく手を振る。黄色い声と歓声が響いた。

「そのままでよろしいわ」

感極まって泣く者までいた。

「「はいっ！！！」」


上王后陛下と王妃陛下の登場に皆が興奮冷めやらぬなか、フェリアはさっとイードルに寄り添い、廊下へ出て控室へと向かう。

「フェリア。すまないな」

「問題ありませんわ」

控室には王宮のメイド長がいた。

「お召し替えをせずに帰城するようにとのご指示です」

イードルは膝から崩れ落ちる。

「フェリア様も是非ご一緒に」

「わかりましたわ」

イードルは近衛兵に支えられながら馬車に乗った。

説明会から戻ってきた上王后陛下と王妃陛下は、王宮の豪華で優美な庭園で二人の茶会をしながら待っており、イードルとフェリアをにこやかに迎え入れる。

「まあまあまあ！　わたくしも王妃も女の子を産めませんでしたものねぇ。なんと可愛らしい！」

そしてじっくりとイードルに女の恐ろしさを再認識させる。

『これならガツンと叱られた方がマシだ……』

イードルが頬を引き攣らせるほど二人は終始イードルを冷やかしまくった。

淑女の笑顔で。

淑女の嗜みである、裏の意味を含ませた話し方で。

淑女の優雅なマナーで。

淑女の物を言わせぬ眼力で。


小一時間ほどしてやっと上王后陛下は真顔になる。

「イードル。自分の言葉に責任を持ちなさい。影響力を考えなさい。貴方が淑女を、そしてパートナーを侮辱する言葉を発すれば、それはこの国ではそれが赦されるということになるの。女性が蔑ろにされる国が幸せだと思いますか？」

イードルは事の重大さを違う角度から指摘され、尚更震える気持ちになった。

「も……しわ……けござい……ません……」

「肝に銘じなさい」

「はい」

「フェリアさん。こういうことは徹底的に反省させなければダメよ。男はね、半端に赦すと図に乗るの。特に貴女が少しでもイードルに気持ちを寄せているなら尚更よ」

「わかりました。ご指導に感謝いたします」

フェリアはその場で頭を下げた。

「早く貴女からお祖母様と呼ばれたいわ」

上王后陛下の笑顔にフェリアは頬を染めた。微笑んでその様子を見ていたイードルを見咎めた上王后陛下がパチンと扇を閉じると、イードルが姿勢を正して上王后陛下と目を合わせた。

「イードル。わかる？　貴方たちがこの程度で許されているのは、淑女たちのひろーーーーい心のお陰なのですよ。わたくしなら切り刻んで湖の魚たちの餌にしてさしあげるところだわ」

イードルは冷や汗をかいて震えた。

「本当にそうですわ。わたくしの茶会で計画を立てる際に、フェリアやリナーテさんが大事にしないでほしいと懇願するのですもの。三人まとめて捨ててしまった方がいいとわたくしたちは勧めたのよ」

『わたくしたち』とは母親たちであろう。イードルはカタカタと貧乏ゆすりを止められない。

リナーテからすれば『王子を捨てて奈落に落とした女』というレッテルを貼られることを拒否しただけなのだが、王妃陛下はそれをわざと歪曲してイードルの反省を煽る。

「リナーテさんという方には随分とご迷惑をおかけしたようね。王家として恥じのない謝罪をきっちりとなさい」

「はい。もちろんです」

上王后陛下は、震えながら返事をしたイードルに蔑みの視線ながら頷いた。

「それで、その……。お祖母様と母上……いえ、上王后陛下と王妃陛下にお願いがございまして……」

上王后陛下と王妃陛下が眉を寄せて渋顔をしたことにイードルは一度怯んだが、グッと息を飲んで覚悟を決める。

「今日知ったことなのですが、リナーテ嬢は王妃陛下の茶会に出席できたことをたいそう感激しておりました。そして、そのことだけは私たちに感謝すると申しておりました」

「まあ！」

王妃陛下が顔をほころばせ、上王后陛下も笑みをこぼす。お二人が顔を緩ませたことにホッとするイードルが願いを話す。

「ですので、お二人の茶会に招待することが一番よいかと……。あっ！　もちろん、私からの謝罪は別でいたします」

「リナーテさんは本当に素直で可愛らしい方のようね。では、わたくしと王妃で日程の調整をしましょう」

「ありがとうございます！」

イードルは深々と頭を下げてから、隣に座るフェリアに顔を向ける。

「フェリア。私は女性のことに疎い。リナーテ嬢への謝罪の品を一緒に考えてくれないか？」

「ええ、畏まりました。リナーテ様に喜んでいただけるものを一緒に探しましょう」

イードルはホッと肩を撫で下ろし、フェリアも笑顔になる。

「リナーテさんは自己分析をしっかりできるお嬢さんのようね。あの刺繍も素晴らしいわ。フェリアが嫁ぐときに王家で囲う？」

「上王后陛下。リナーテ嬢はそれを喜ばないと思いますわ。いつかご自分のお店を出店されるまで学びたいと仰っていました。わたくしはその時に懇意のお店としたいと考えております」

「そうなの？　本当にいい子なのね。では、卒業後に服飾を学びたいのなら、わたくしの御用達のお店に推薦してあげましょう」

「それはきっと喜びますわ！　イードル様。上王后陛下のご推薦より良い物を探すのは至難ですわ。頑張りましょうね」

「そ、そうだな。頼りにしているよ、フェリア」

イードルはあまりのハードルの高さに気を遠くしてしまいそうになっていた。


後日、イードルとサバラルとゼッドの支払いとフェリアたちのセンスによって、リナーテにドレスセット一式とアクセサリー一式が贈られ、それで着飾ったリナーテが緊張の面持ちで王宮での茶会に参加した。

イードルとサバラルとゼッドも参加を希望したが、『ドレスとハイヒールでなら参加を許しましょう』と言われ、スゴスゴと引き下がった。

さらにイードルたちの資金で王都の一画が買われた。リナーテが自分で店を出したくなったらイードルたちのお金で店を建てることになっている。

「えっ!?　でも、でも！　本当にお店を持てるほどの技術が身につくかどうかはわかりませんよ!?」

あくまでも謙虚でおごらないリナーテである。

「その時には宿屋でも建てて伴侶と暮らしていけばいい」

「それも素敵っ！　料理好きな人を見つけなきゃ！」

リナーテの野菊のような笑顔ならどんな商売でも上手くいきそうな気がする。

それらのお金はすべて彼らの小遣いから支払われることになり、彼らは当分の間、これまでの二割ほどのお小遣いになった。フェリアたちへの高価な贈り物ができなくなったことも含めて、再び平身低頭で謝った。

第七章

とある休日、王宮前の馬車寄せにウキウキソワソワしているイードルがいた。

後ろに控える護衛たちの呆れた苦笑の様子にも気が付かない。

そこへ豪奢な馬車が入ってきてイードルの前で止まった。

馬車のドアの前に踏み台がセットされ、ドアが開かれる。

「お手をどうぞ」

イードルは眩しいばかりの笑顔とともに手を差し出した。中の女性は驚愕に目を見開く。これまでイードルにここまで手厚くされたことはなかった。

「イードル様。いかがなさいましたの？」

「フェリア。君とこうしてまた婚約者として茶会に参加できることをとても嬉しく思っているのだ。それに今日は茶会の前に案内したい場所があってね」

イードルは微笑みを深め、てさらに手を奥へと差し出す。フェリアはおずおずとイードルの手に自分の手を重ねた。イードルはすかさずその指を握る。そんなことをされたのも初めてであるフェリアは肩を跳ねさせたが、イードルはそれを気にする様子もなくフェリアの手を引いた。エスコートされることに慣れているフェリアは、条件反射でそのエスコートに委ねて馬車から降り、そのままそのエスコートに従って歩いた。

イードルが案内したのは王宮内のサロンだった。王宮内であるので、基本的には王家の者だけが使うサロンである。そこにピアノが用意されていた。

フェリアの向日葵のような笑顔が咲き乱れた。

「フェリアがピアノを嗜んでいることは知っていたんだ。それなのに、これまでこういう交流をしてこなかったことが悔やまれるよ。でも、これからでもいいよね？」

イードルは乞うように視線を投げれば、フェリアが優しく微笑む。

エスコートされるままピアノまで近づくと、ピアノの隣に用意されたテーブルにはバイオリンが置かれていた。フェリアはエスコートの手を離し、そっとバイオリンに触れた。

「そうですわね。わたくしもイードル様がバイオリンもご趣味の一つであることは存じ上げておりましたのに、失念しておりましたわ」

イードルがピアノの椅子を引くとフェリアは素直に従ってそこへ座った。

二人のハーモニーがサロンに響いていく。

＊＊＊

イードルとフェリアは、二人だけのコンサートをたっぷりと楽しんだ後、サロンに用意されていたテーブルに座りお茶を楽しむ。しばらくとりとめもない話をしてから、ふいにイードルが真顔になった。

「フェリア。そのぉ……ボイディスから何か聞いているか？」

「え？　まあ、そうですねぇ。あちらのお国のことをたくさん教えていただきましたわ」

「それだけ？　か？」

「ボイディス様がどんなお勉強をしていらっしゃるか、とかですわね」

フェリアは質問の意図がわからず目をパチパチとさせる。

「そ、そうかっ！　それならいいんだ！　そうか……。うんうん……そうか」

イードルは小首を傾げるフェリアをかわいらしいと思いながら、イードルを発奮させようとしたボイディスにお礼の手紙を書こうと思った。

「ボイディス様とご一緒に留学するのもいいかとも考えましたわ」

「えっ！！！」

イードルは顔面蒼白となる。それを見たフェリアは意地悪が成功した子供のように楽しそうに笑った。イードルもからかわれたことに気がついて自分に苦笑した。

「フェリア。気がついていると思うが、私にはどうも浅慮なところがあるようだ。君の話をしっかりと聞いていくから、これからも忌憚ない意見と指摘を頼む」

「かしこまりました。イードル様をフォローすることこそがわたくしのお役目。厳しくいたしますのでお覚悟なさいませ」

「はい。よろしくお願いします」

ペコリと頭を下げるイードルにびっくり眼(まなこ)のフェリアであったが、頭を上げたイードルの親しみの込もる表情に優しく笑った。


サバラルの家の庭園に出された大きな日避け傘の下には茶会のテーブルが用意されている。サバラルのエスコートでバーバラはそこへ向かい合って座った。

そこへメイドがワゴンを押してきた。まずはお茶を淹れ、二人の前へそれぞれ置く。

そして、ワゴンに乗せられていた菓子皿二枚をテーブルの中央に並べる。

バーバラは並べられた二枚の皿のうち一枚を見て、目をしばたたかせ、前のめりになってもう一度目をしばたたかせた。

「これは⁇　何ですの？」

バーバラの視線の先には五センチほどの大きさの真っ黒いものが十数個乗せられている。

「ク……」

「く？」

口籠るサバラルにバーバラは小首を傾げた。

「じ、実は、昨夜、皆が寝静まった後にこっそりと台所へ行って……その……」

サバラルが項垂れる。バーバラは急かすことなく待つ。

「バーバラをもてなす物を僕も作ってみたくなったんだ」

サバラルはガバリと顔を上げ、身振り手振りを混じえて必死に言葉を紡いだ。

「学園の図書館でレシピをノートに書き写して。竈門の使い方は「夜中にお茶が飲みたくなるかも」と言って料理人に教わって。材料も自分で市場へ買いに行って。準備は完璧だったんだよっ！」

必死な形相のサバラルだが、話が見えないバーバラはキョトンとサバラルを見つめる。

「クッキーになれなかった小麦粉の丸焼きにございます」

サバラルの代わりにメイドが的確に答えた。サバラルの首がガクリと落ちる。

バーバラはサバラルとメイドを何度か交互に見た。メイドが優しげに微笑んで首肯する。

「ぷっ！　うふふふふ」

バーバラがお腹を抱えて笑い出す。淑女としては減点だが、その場の雰囲気はとても和らいだ。

朗らかに笑うバーバラにメイドも眉を下げる。

「昨夜、ボヤ騒ぎが起きまして、大変でございました」

「こんなものバーバラの前に出したくないって言ったのに、騒ぎの顛末をバーバラに見てもらえと、母上が用意させたんだよ」

「うふふ。わたくしはサバラル様のお気持ちが知れて嬉しゅうございますわ。わたくしのために頑張ってくださって、ありがとうございます」

サバラルがチラリと目を上げると青薔薇が咲いていた。サバラルは頬を染めてまた俯く。

バーバラは真っ黒いクッキーの一つを手に取って半分に割って口に運んだ。

「っ!! バーバラ! ダメだよっ! すぐに吐き出してっ!」

皿に手が伸びたところを見たサバラルは、まさか口に運ぶとまでは考えておらず、とても慌てた。

メイドも一瞬動きを止めたが、すぐ水を用意してバーバラの元へ届ける。

バーバラはその水で小麦粉の丸焼きを飲み込んだ。

「確かにたくさん食べれられるものではありませんわね。でも、せっかくサバラル様が初めて作ってくださったのですもの。わたくし、嬉しくて」

バーバラが頬を染めるのを見たサバラルはポロリと涙を流した。バーバラはサバラルへハンカチを差し出す。

「おそらく、料理人もメイドも、そしてお義母様も召し上がっていらっしゃらないでしょう？」

「当たり前だろう！　このようなものバーバラも食べてはいけないよっ！」

ハンカチを受け取りながら泣く泣く訴えた。

「では、サバラル様の手作りクッキーを食したのはわたくしが初めてですわね」

バーバラの笑顔にサバラルは涙が止まらない。

「バーバラ……。ありがとう。僕は君の一番になれなくてごめんね」

「では、これから先、わたくしの手作りのお菓子を一番たくさん食べる人になってくださいませね？」

「っ!!　もちろんだよっ！　僕が全部食べるよっ！」

「うふふ。そのお気持ちが嬉しいですわ。そうですわっ！　今度一緒に作りませんか？」

「まあ！　それなら安心です。サバラル坊ちゃまは『またチャレンジする』と宣言されており、料理人たちも不安がっていたのです」

メイドは真っ黒い皿を下げながら微笑んだ。

だが、サバラルは違う部分に感動していた。

「こ、今度……。なら、バーバラとまた会う機会を貰えるんだね」

「ええ。次は我が家に招待いたしますわ。クッキーを作る用意をしておきますね」

「ありがとう……ありがとう……」

サバラルは泣き顔を下げたままで呟いていた。

しばらくしてサバラルが泣き止むと、改めてお茶が淹れ直された。二人は紅茶の香りを楽しむ。

「そういえば、色々な家から『婚約解消はいつだ？』という手紙をもらったんだよ」

「そうですのね。サバラル様はおモテになりますわね」

さらりと答えるバーバラが全く嫉妬していないことに肩を落とすサバラルであった。メイドはヘタレのサバラルに軽蔑の眼差しを向けた。

「いえ、バーバラ様。すべて殿方のいらっしゃるお家からの問い合わせです。つまり、バーバラ様がいつフリーになられるのかという質問です。バーバラ様のお宅へ直接お聞きになることは憚られた結果だと思われますわ」

メイドが恭しく説明した。

「全く嫌な質問だよね。バーバラの侯爵家が僕との婚約解消などするわけないのに」

サバラルは一生懸命に笑顔を作った。

「あら？　そういえば、お父様から「この中なら誰を選んでもいい」と言って釣書を十数枚受け取りました」

た。

「名だたるお家の方々でびっくりしましたわ」

「えええええ！！！！」

まさにサバラルのところに来た問い合わせも、公爵家ほどではないにせよ名だたる名家ばかりだった。

「バーバラ様の資質でしたら当然でございましょうねぇ」

使用人たちは中庭事件以来サバラルへ容赦がなくなっている。

「バーバラぁ。僕を捨てないでおくれぇ」

サバラルは再び泣き出した。

『まあまあ……。随分と感情を表現なさるようになりましたわね。まるであの頃のようだわ。それも、わたくしの前でだけで……ふふふ……嬉しいですわね』

幼い日々を思い出したバーバラが優しげに目元を緩ませた。それを見たサバラルはホッとしていた。

侯爵邸の小ホールでは長身のカップルが見つめ合いながら優雅に、大胆に、華麗にダンスを踊っている。音楽を奏でるメイドや執事も二人の素晴らしさにうっとりし、曲調さえも優雅な調べになっていた。

フィニッシュを迎えると、いつの間にやら入室していた者たちから喝采の拍手が鳴った。

「ルルーシア。本当に貴女のダンスは映えるわねぇ。素敵だったわ」

「侯爵夫人。ありがとうございます」

ルルーシアは美しいカーテシーでお礼を述べた。

「ゼッドのリードはどうだった？」

「大変踊りやすくなっていて驚きましたわ。とても楽しくて三曲も踊ってしまいましたの」

ゼッドは本当に嬉しそうにルルーシアを見つめていた。

「この一週間猛特訓しましたからねぇ」

「はい。母上には大変感謝しております」

ゼッドが母親に頭を下げる。

侯爵夫人が優雅に扇を広げ、口元が意地悪くニヤッとしていたが、ルルーシアには見せないための扇である。

「ルルーシアの男性パートのダンスを見て自分が恥ずかしくなったそうなのよ」

「母上！　それは言わないでくださいっ！」

ゼッドの慌てようにルルーシアはクスクスと笑った。

ゼッドの上の弟ドニトがルルーシアに跪く。

「ルルーシア義姉様(ねえさま)。私も兄と共に練習したのです。一曲踊っていただけますか？」

「まあ！　ドニト様。わたくしでよければ喜んで」

ルルーシアがドニトの手に自分の左手を重ねると、ドニトはその手をキュッと握った。

「もし次にまた兄上がバカをしでかしたら、私の手を取っていただきたいのですが」

ドニトは真剣な眼差しでルルーシアを見上げていた。

「ドニト！　貴様！　その手を離せっ！」

ゼッドが掴みかかろうとすると母親の侯爵夫人が間に入った。

「お前がバカをしなければいいだけのこと。小さい男は嫌われますよ」

「ですがっ！」

必死なゼッドを差し置いて、もう一つの声がかかった。

「ドニト兄さん！　ずるいっ！　俺がルルーシアねぇさんと結婚するんだっ！」

次弟ビアンがルルーシアの右手を取った。

「ルルーシアねぇさん、俺、勉強も頑張ってるんだよ。後でお部屋に来て勉強見てくれる？」

末っ子パワーで甘える。

「ビアン！　お前まで！」

ゼッドはとうとう膝から崩れ落ちた。

ドニトとビアンの熱烈な告白に慌てるゼッドを目にしたルルーシアが、楽しそうに笑う。

「わたくしはどうやら行き遅れにはならなそうで嬉しいですわ」

「まあまあまあまあ！　それはいい考えだわっ！　ルルーシアと結婚した者を次期当主にしましょう」

現当主不在にも関わらず、次期当主について大切なことが決まった。だが、この家の者たちは執事やメイドに至るまで、それに不満も不安も持つ者はいない。

「ということは、ルルーシアはわたくしの義娘になることは決定ね。ルルーシア。これからはわたくしを母と呼んでちょうだい」

「お義母様。これからもよろしくお願いいたしますわ」

「まあ！　可愛らしい！」

侯爵夫人はドニトとビアンを吹き飛ばしてルルーシアを抱きしめる。

三人の男の悲痛な声が小ホールに響いた。

「「「母上ぇ！！！」」」

学校説明会から一ヶ月、中庭事件から三ヶ月。

それぞれの婚約者との関係が良くなってきたなと感じてきている三人に、素敵な素敵な……それは素敵な贈り物が届いた。

　ゼッドが自室に入るとローチェストの上にその贈り物は飾られていた。

「うっぎゃー！！！」

　頭を抱えて裏声で叫んだゼッド。

　その飾り物とは、どデカいハイヒールが豪華なクッションに乗せられガラスケースに入れられており、まるで家宝だと言わんばかりの丁寧さで陳列されていた。

　ゼッドは転がるような勢いで母親の部屋へ赴く。

「母上！　あれはっ！　あれは何ですかっ⁉」

　肩で息をしているゼッドは自分の部屋の方向を指差して喚いた。

「もう……。うるさいわね。あれはっ！　王妃陛下からの贈り物よっ！　素晴らしい装飾品になっているでしょう。大切になさいね」

　夫人は優雅にお茶を口に運んだ。

「あぁ。美味しいわ」

　落ち着いている夫人に、ゼッドはアワアワと口を動かすが言葉が出ない。

「それから」

　夫人が勿体ぶるとゼッドが不安そうな顔をする。

「あれの処分はルルーシアに一任しているの。ルルーシアがこちらに嫁いで来てからどうするかを決めるのよ。お前の子供が生まれるまでに処分してもらえるといいわねぇ」

侯爵夫人は口元がニヤけるのを隠すこともしなかったどころか大業に口角を上げた。

青い顔をしたゼッドは目を潤ませてプルプルと首を左右に振っている。

「もしそれまであれが残っていたら、わたくしが直々に孫へあのハイヒールの経緯を説明してさしあげるわ。ね？ゼルーシア」

侯爵夫人は優雅な特級淑女の笑顔を作ってみせた。ゼッドは一歩退く。

「あっ！ドニトかビアンがルルーシアと婚姻することになったら、その時にもこの話題が活きるわね！女装してもフラれたゼッド。あっはっは!!楽しみだわぁ」

侯爵夫人は自分の想像がツボにハマり、淑女を投げ捨てていた。

「ゆるしてくださーい!!」

天を仰いだゼッドの絶叫が響く。

ピタリと笑いを止めた侯爵夫人がジロリと睨んだ。

「フンッ！ルルーシアが赦してもわたくしが赦さないわっ！わたくしはいつでも貴方よりルルーシアを選びますから。よぉく覚えておきなさいね」

侯爵夫人の後ろでは使用人たちがコクコクと同意していた。

「どわぁ！」

イードルが膝をついた。

「ひぇぇぇ」

サバラルが卒倒した。

イードルとサバラルも自室で自分用のどデカいハイヒールが装飾品と化しているのを確認し、騒ぎとなっていた。

もちろん、各々の母親からきっつーい嫌味も付いている。

彼らが敵に回したのは、婚約者ではなく母親であったのだ。

まあ、なんとなく、わかってはいたが。

三人の過ちが本当に赦される日はまだまだ遠い。

エピローグ

王宮内にある見事に花々が咲き誇る庭園で、美しい男女が大きなパラソルの下に用意された丸いテーブルに向かい合い、笑顔で談笑しお茶を楽しんでいる。

少し離れたところには人工池があり三月下旬の柔らかな日差しを受けた水面がキラキラと輝いていた。

「あの場所を」

男が池の畔にある大きな常緑樹の下辺りを指差す。

「覚えている？」

「ふふふ。ええ。もちろんですわ。わたくしたちが初めてお話した場所ですわね」

「ああ。二人共幼かったよね」

男は幼い頃に思いを馳せる。

そこに男と似た顔立ちのプラチナブロンドが眩しい、吊り目で不機嫌を丸出しにした男がツカツカと靴の音をさせて現れると、バンッ！　とテーブルに荒々しく手を置く。

「これはどういうことだ？」

テーブルにいた男が立ち上がり深々と頭を下げた。

「これはこれは王太子殿下。ご機嫌麗しく」

「これが麗しそうにみえるのか。なぜ私を無視して私の婚約者とお茶しているのだっ!?」

男は茶化すような手仕草をしながら再び着席した。

「お前が忙しそうだったから」

笑顔で飄々と語る男は垂れ目気味の目を更に下げると立っている男はワナワナと震える。

「ボイディスっ！　わざわざ帰国してフェリアとお茶とはどういうつもりだっ！　フェリアは私の婚約者だっ！」

「イードル。狭量な男は嫌われるぞ。それとも自分に自信がないのか？　アッハッハ！」

イードルは肩を揺らした。そしてチラリとフェリアを見るとフェリアは二人のやり取りを楽しそうに見ていた。

フェリアに許してもらってから約一年。数ヶ月後の卒業とともに執り行われる予定の結婚式の詰め作業が進められている。準備としては数年前から始めているが自分の失態のせいで王妃陛下によってストップがかけられたのだから自信などあるわけがない。

イードルがフェリアに話しかけようとした時、フェリア付きのメイドがやってきた。

「フェリア様。そろそろ向かいませんと……」

「まあ！　もうそんな時間なの？　イードル様、ボイディス様。わたくし、本日はサバラル様の公爵家からお茶の誘いを受けておりますの。申し訳ありませんがお先に下がらせていただきますわ」

「そっか。バーバラ嬢も来るの？」

ボイディスは軽い調子で聞く。

「ええ。そう聞いておりますわ。ボイディス様。また隣国のお話を聞かせてくださいませ」

「もちろんだよ！　フェリア嬢に話ができるくらい学んで来るよ」

「ふふふ。頼もしいですわ。イードル様。来週のお茶会を楽しみにしております」

「あ、ああ。もちろん私もだ。フェリアに喜んでもらえるような茶会にするよ」

「うふふ。無理はなさらなくても大丈夫ですよ。では」

フェリアは立ち上がると見事なカーテシーをしてからメイドとともに庭園を後にした。

「無理をしても無駄ってことなのか……」

フェリアの後姿を愛しげに見ていたイードルはフェリアが王宮の建物内に入るのを確かめると、ガクリと肩を落とした。

『全く情けない従兄弟殿だなぁ。フェリア嬢の恋慕が見えないのかよ』

ボイディスはわからないいくらい小さなため息を漏らした。

『彼女はあの頃からヒマワリのような笑顔だったよなぁ』

ボイディスは常緑樹の奥に目を向ける。

ふと風が舞い、水面が揺れて輝きを増し、葉擦れの音が涼やかに鳴り常緑樹の奥に咲く色とりどりのチューリップたちが、大きな頭を揺らしていた。

ボイディスは八月にそこで咲き誇る大輪の向日葵畑を頭に描いていた。


まだ七歳のボイディスが、王弟で現辺境伯の父親と王宮に滞在していたあの日は夏の暑い日で池の畔の向日葵たちが咲き乱れていた。

ボイディスは朝食を済ませ、領地の先生に出された宿題を終えると、イードルを誘いにワクワクした急ぎ足でイードルの部屋に向かった。剣の鍛錬という名の遊びは二人にとって、とても楽しいものだった。

廊下を進むとイードルの部屋の前にはワゴンが置かれていた。

『メイドのワゴンがあるようじゃ、まだ支度中かな？　イードルの本棚でも見ていようかな』

ボイディスはメイドがいることは予想したが、気にすることなくイードルの部屋に入ろうとした。

騎士と騎士の間にある扉の取っ手に手をかけると、半分開かれていた扉からメイドの声が聞こえた。

「殿下。いいですか。ボイディス様と親しくしてはいけませんよ」

「え？　なんで？　やっと会えた従兄弟なのに」

「本当に全くっ！　王弟殿下はご子息を連れていらっしゃるなど、謀反の心ありと思われても致し方のない行動ですわっ！　次期国王候補としてご子息を貴族たちに知らしめたいに決まっております。次期国王陛下はイードル王子殿下であると決まっておりますのにっ！」

ボイディスからはイードルの表情はわからない。でもこれまで手紙でやり取りしていた同年齢の従兄弟に拒否されるかもしれないという恐怖に幼い心は耐えられず、そこにとどまることができなかった。

ボイディスは踵を返して走り去った。

父親には将来はイードルを支える立場になれといつも言われていたボイディスは、イードルと手紙のやり取りをしてきて、喜んでそれをできると感じていた。

『俺は部下になるんだけど友達になりたいな』

ボイディスはそう願って王都へやって来た。父親と共に先週から王宮に滞在している。イードルと毎日のように遊び、毎日のように話をして、まるで双子のように仲良くなり、尚更一緒にやっていきたいと思うようになっていた。

『そう思っていたのは俺だけなんだ。俺はイードルにとって、王様の椅子を欲しがっている悪役なんだ』

ボイディスは涙を流しながら、感情に突き動かされるように走った。

気がつくと王宮の人工池の前にいて、その大きな常緑樹の木陰に蹲った。何も考えたくないのに止めどなく涙が流れた。

そうしているところに風も吹いていないにも関わらずカサリと葉擦れの音がして思わず顔を上げた。

そこにヒマワリが人になって現れた。

「ヒマワリさん？」

「ふふふ。なら貴方はお星さま？」

「え？」

「白くて金色の不思議な色の髪がお星さまの光みたい」

そのような褒められ方をされたことのないボイディスは頬を染めた。

「お星さまは空から落ちてしまったの？　だから泣いているの？」

『僕の顔を見ても驚かないいかな？　イードルとはまだ会っていないのかな？』

ボイディスは髪色は、イードルより少し白っぽいホワイトブロンドだがよく双子だと言われるほど似ている。

王宮メイドから今日は王妃陛下主催の茶会があるとは聞いていた。そのゲストのご令嬢の一人だろう。

「違うよ。友達と上手くいかなくて……」

「そうなんだ。お星さまはお友達とケンカしちゃったの？」

「ケンカ？　してないよ。ただ俺のことを敵だって思っているみたいなんだ」

「ええ‼　そんなこと言われたの？」

ヒマワリさんは緑の瞳を驚きのあまり見開き、手を口に当ててパカリと開いた口を隠す。

「え？　あ？　ううん、友達からは言われてない……」

「あら？　そうなの？　ならどうしてそう思ったの？」

「友達に付き添っている人がそうしなさいって言っていたから」

ヒマワリさんは目をしばたたかせた。

「お星さまのお友達はそれに何て言ったの？」

「…………聞けなかったんだ。友達の口で敵だって言われたら、俺、やだもん」

「なぁんだ！　まだなぁんにもわからないじゃない」

「でも、でも、友達が大人の言う通りにしたらっ！」

「そうね。お星さまのお友達が私たちと同じくらいの年なら、大人の言う通りにすることもあるよね。

でも、お友達からは聞いていないのでしょう？」

「う、うん……」

「それともお星さまはその大人の人がどういう人か知っているの？」

「知らないけど……」

「あのね、お星さま。そおいうのは思い込みっていうのよ」

聞いたことのない言葉にボイディスは首を傾げた。

「私ね、ずぅとお兄さまは私のことがキライなんだって思っていたの。でね、ガマンできなくて泣いちゃったの。お母さまが私のお話を聞いてくれて、お兄さまとお話をすることになったのよ。お兄さまは私のことが大好きで一緒にいたくて私が困ることをしてしまったのですって！」

驚いたボイディスは固まって話を聞いている。

「ふふふ。お兄さまはお母さまにレディーにすることではありませんって怒られてたわ。お母さまは私には思い込みで苦しむのはダメよって教えてくれたの。私、お兄さまは私を嫌いなんだって思い込んでいたから、何をされても嫌な気持ちになってしまっていたのよ。お菓子をくれたこともお兄さまが嫌いなお菓子だからくれるんだって思っちゃったんだから」

「それはお兄さんが可哀想だね」

ボイディスはヒマワリさんと話をして自分の行いを考えてみた。

「でも会ったばかりの俺より、ずっと側にいるメイドの話を聞くに決まっている」

「それよっ！　聞いてないのに『決まっている』なんて言ってはいけないのよ」

ヒマワリさんは腰に手を当てて胸を張った。

「でもそれってメイドなんだぁ」

ヒマワリさんは腕を組んで考えた。ボイディスは先程は誤魔化そうとして、はっきりとメイドとは言わなかった。それは貴族として、その一言が誰かの生活を左右することを頭のどこかでわかっているからだった。

ボイディスが口を手でギュッと抑えた。

「私からは誰にも言わないから大丈夫よ」

ヒマワリさんもそれを理解している立場のようだ。

「お友達の家族じゃなくてメイドなら、もっとお友達とお話をした方がいいわね」

「そうなのかなぁ……」

「心配ならお星さまが信じられる大人の人と一緒にお話をした方がいいわ。だって、私たちってまだ子供だからお話が上手じゃないでしょう？　私もお母さまがいたからお兄さまとお話ができたのよ。お星さまがお話ができる大人はいる？」

ボイディスはコクリと頷いた。

「私、そろそろいかなきゃ。お星さまの思い込みがハズレだといいねっ！　バイバイっ！」

ヒマワリさんは向日葵畑の脇を抜けて、庭園の方へと走っていってしまった。王妃陛下のお客様だろうと予想していたボイディスは、引き止めることはできなかった。

ボイディスはヒマワリさんの話をもう一度頭の中で考えてから、王宮に充てがわれている自室へ行った。そこには目的の人物がいた。

「父上。相談したいことがあります」

ボイディスの父親である辺境伯は笑顔でボイディスを受け入れ、シドロモドロで言葉の拙い七歳の子供の話を真剣に聞いてくれた。

メイドの発言に怒り心頭であった辺境伯だったが、息子に自分で解決することを学ばせるため付き添いだけはするということで、イードルの部屋に一緒に行くことになった。とはいえ子供だけで拗れるようなら仲裁に入る気は満々である。

しかし、そんな辺境伯の杞憂もボイディスの不安もイードルの部屋へ行くと秒で解決してしまった。

不安そうな顔で入室するボイディスを見ると、イードルは駆け寄ってきた。

「ボイディス！　今日は遅いじゃないかっ！　僕と遊ぶのはもう飽きてしまったのかいっ？　それなら違う遊びをしよう！　僕の本を見る？　僕は歴史の本も好きなんだけど」

イードルがナイショ話をするように手を添えてボイディスの耳元に口を寄せた。

「冒険噺も好きなんだ。熱中して読むと先生に叱られてしまうけど僕の大切な本なんだよ。でも、ボイディスになら貸してあげる」

イードルはボイディスから離れた。

「ボイディスはどんなお噺が好き？」

ボイディスの顔を覗き込むように小首を傾げたイードルを見た。

ボイディスはポロポロと涙を流し、イードルに背を向けて辺境伯のお腹に飛び込んだ。

イードルが顔を青くする。

「え？　え？　え？　ボイディス。僕、何か悪いことしちゃったの？」

「殿下。違います。ボイディスは嬉しくて泣いているのです。殿下に好かれていることが嬉しくてたまらないようです」

「そうなの？　だってボイディスは僕の兄弟みたいなものだろう？　嫌いになんてならないよ」

「それは大変嬉しいお言葉です。ですが、大変申し訳ありません。一旦ボイディスを連れて部屋へ戻ります。夕刻には元気になると思いますのでまた夕食を共にしていただけますか？」

「うん……。わかった。今日は一人で本を読んでいるよ。あ！　そうだっ！　今夜のデザートはボイディスの好きなタルトにしてもらおう！　カスタードクリームをいっぱいにしてもらうね」

イードルはボイディスが王宮滞在初日に喜んで食べたお菓子を覚えていた。

「それはそれは楽しみでございます。では失礼いたします」

辺境伯がボイディスを胸に抱き上げると、ボイディスは首に腕を回し抱きつく。辺境伯はペコリとイードルに頭を下げると退室した。

「よかった、よかった、よかった」

廊下に出るとボイディスが震えた泣き声で呟く。辺境伯はボイディスの頭を優しく撫ぜた。

辺境伯は部屋に戻ると、辺境伯領から連れてきたメイドにボイディスを託し、自分は兄たる国王陛下の元へと向かった。

そして鋭い視線で陳情する。

「そのようなメイドの考えは我らを担ぎ上げ諍いを起こし、国家転覆を狙う者を生むきっかけになりうるでしょう。我らに反逆の意思有りと吹聴して回るなど、私がその場にいたら即刻叩き切っているところです。陛下。どうか我らの本当の意思を汲み取っていただき、厳然たるご判断をお願いいたします」

一度頭を下げお願いの敬礼をする。

「しかし、死罪は望んでいません。女性に優しくしないと愛する妻にしかられてしまいます。ただ後程、そのメイドの姓を教えてくださいね。兄上」

彫りは深くなりつつも十分に美紳士な辺境伯はにっこりと笑うと、ホワイトブロンドをかき上げて背を向け扉に向かい国王陛下の部屋をあとにした。

「即刻調査し、そのメイドと当主を呼び寄せよ。イードルからも聞き取り調査してかまわん。辺境伯に睨まれれば武力でなくともひとたまりもあるまい。なるべく穏便に済ませ、領民に被害がないようにせねば」

部屋の前に騎士がいたのですぐに素性は判明した。

後のことであるが、呼び寄せてみれば辺境伯に偏見を持ち、国王派閥だと訴える者たちであった。国王陛下からすれば国王派閥やら王弟派閥など存在しないと考えている。存在したとしても自分たちにその気がないから関係ない。

だが、子供を洗脳したり誰かを煽ったり焚き付けたりする者は容赦できない。

国王陛下の最初の配慮も虚しく、メイドと実家の伯爵家一家は領地の外れの小さな村から出ることを禁止されることになり、その伯爵家は家督総入れ替えで親戚に譲ることになった。その新当主から辺境伯家にたくさんの贈り物が届けられ、辺境伯も矛を収めることにした。

だが、このイードルとボイディスの小さなすれ違いにより、辺境伯の懸念は更に増すことになる。

辺境伯自身には謀反の気持ちも王位を継承する気持ちは微塵もない。それでもあるものと推測し己が欲のために辺境伯を担ぎ上げようとする者や、あると思い込んで辺境伯を排除しようとする者はいた。

「我らの気持ちをどのように示していくべきなのだろうか」

ボイディスの待つ部屋へ向かう辺境伯は悲しげに目を細めた。

その日の夕食はイードルの部屋にボイディスと辺境伯の料理が用意されたが、辺境伯は辞退しイードルとボイディスは二人で食事を取った。

そして翌日からは先日より更に仲の良い、まるで双子のような二人がそこかしらで見られるようになった。

それから数日、自室でボイディスは小さな声で呟いた。

「ヒマワリさんにまた会いたいな」

「ヒマワリさんとはお前を慰めてくれた女の子のことか？」

辺境伯はボイディスからヒマワリさんの容姿や言葉などを聞いた。

「ボイディス。その方はおそらくイードル王子殿下の婚約者候補筆頭のご令嬢だ。現在、王妃陛下が茶会を催されて殿下の年齢に合う子を母親と共に招待して、王妃陛下自ら選定に当たられている。殿下が十歳になれば王妃陛下に選ばれた数人のご令嬢が殿下に紹介され、王城へ頻繁に参内することになるだろう」

辺境伯は懸念を増長させないためにも、ヒマワリさんとボイディスの縁を勧めるわけにはいかなかった。

「そっか。わかったよ。なら、イードルの婚約が決まった時にそうじゃなかったら会ってもいい？」

「そうだな」

ボイディスの願いは届かず、フェリアはイードルの婚約者に選ばれた。

そして、辺境伯の懸念とボイディスの初恋の払拭のために、ボイディスは隣国へ留学することを決めた。

「俺の女神を幸せにしろよな」

イードルに一言だけ釘を刺し隣国へ向かった。


十八歳になってやっとフェリアの一言で一喜一憂している従兄弟を見て、今更の従兄弟の恋心にため息が溢れる。

『王妃陛下。申し訳ございません。俺、やっぱりイードルを見ていられません』

心の中で頭を下げたボイディスはイードルを今までフェリアが座っていた椅子に座らせた。

「あのな、イードル。先日俺が戻ってきたのは両陛下に婚約のご許可をいただくためなんだよ」

「フェっ！　フェリアとかっ!?」

パンッ！

ボイディスは思わず前のめりになったイードルの頭を叩いた。

「なわけないだろっ！　俺をそんなに信用できないのかっ⁉」

「そうじゃないけど……。フェリアが私よりボイディスを選ぶかもしれないという恐怖がある」

「ふーん。そんなにフェリア嬢が好きなんだ」

ボンという音が出そうなほどイードルが顔を赤くする。


「全くさぁ。フェリア嬢の魅力に気がつくのが遅いんだよ。これだから与えられただけの婚約はっ！　今回の事は良い試練だったね。思い込みでフェリア嬢を下に見るなんてありえないよ」

「思い込みか……。確かに淑女の皆様にはとても失礼な思い込みだったよ」

イードルは悲しそうに笑う。

「ボイディスはそういう先入観とか思い込みとかなかったのか？」

「ないよ」

ケロッとした顔で答えるボイディスに不思議そうな顔をするイードル。

「うちの母親はさぁ、なぁんでも口に出すから淑女の苦労は小さい頃から知っているよ。やれコルセットはキツいだの、パニエは嫌いだからAラインドレスにするだの。ドレスのデザインはどこぞの夫人と被るわけにはいかないだの。どこぞ産のレースを使わなくてはならないだの。内に溜め込まない人なんだよね。父親に『私は辺境伯夫人なんだから社交はいらないでしょっ！　貴方の顔で十分なはずだわっ！』って言ってた時もあるな。ご夫人たちの仲裁役になって精神的にヘタってたみたいだ」

ボイディスの裏声にイードルの顔が和らいだ。

「でもヒステリックな人じゃないぞ。よく笑うことも隠さない。とっても明るい人なんだぞ。家の中でないなら大層な淑女らしいし」

「知っているよ。夫人は毎年王城パーティーに出席すると、パーティーのない日に私に会いに来てくださる。フェリアともよく話をしている」

イードルが優しく目元を下げる。

「とにかくさっ、特級淑女のご夫人方はそういうのを見せないことを美徳としているからそれを慮ったり深慮するのは難しいよな。だからこそ思い込まずに親しい人には直接話をしなくちゃだめだ」

「ああ。思い込みが塗り潰されたあれはとても良い経験だったよ」

「これからは思い込む前にフェリア嬢と話をするんだよ」

イードルは上目遣いでボイディスを見た。

「わかった。でもいいのか？」

「だからぁ。俺は婚約のご許可をいただくために来たの。そうしたらお前が馬鹿やったからケツ叩くためにフェリア嬢を口説くフリしろって王妃陛下に命を受けたんだよ。お前のフォローが俺の仕事なのだからやるしかないだろう？」

「それも母上の計略なのかっ!?」

イードルは普段は王妃陛下と呼ぶが取り乱して母上と言ってしまった。

「そうだよ。お陰で尚更フェリア嬢を放っておけなくなったろ？」

イードルは項垂れて首肯した。

「とにかく、俺のお相手は別の方だからな」

「どなたなのだ？」

「それが問題なんだよねぇ。俺も父上も偏屈ヤローたちに気を持たれるのはダルいんだよなぁ」

「だから！　どなたなのだっ？」

イードルはフェリアでないことを願って強く前に出る。

「俺が留学している隣国の国王陛下の第五子で、第三王女様」

「そうか……」

あからさまにホッとするイードルにボイディスは呆れて目を開いた。

「おいっ！　わかっているのか？　王女だぞ？　それを理由に俺を担ぎ上げようとするアホが現れる可能性があるんだぞ？」

「ん？　ああ。問題ないだろう。ボイディスが良い伴侶になると判断した女性なら全く問題ないぞ」

「はあ？　国王陛下と同じこと言いやがって。信じられない親子だな」

「父上も私もお前たちを信じているからな」

「かあ！！！」

ボイディスは頭を掻きむしった。

「小さい頃から思っていたけど、お前って俺の心を掴むの上手いよなぁ」

「そうなのか？　それは知らなかった。嬉しい情報だ。ところでその女性とは心は通じ合っているのか？」

「難しい言い方するなよ。もっと単純に好きなのかって聞けばいいだろう？」

「そ、そ、そうは言ってもな」

なぜか顔を赤くするイードル。

『これが公衆の面前で男爵令嬢にプロポーズした男かよ？　公開プロポーズっていう雰囲気で男になっただけなんだな。本心はこんなにうぶだなんてありえるのか？　フェリア嬢も可哀想に。先が思いやられるよ』

自分もこれからイードルの側近になるのにフェリアの心配をしてしまうボイディスである。

「今はな、好きだよ。とても可愛らしいと思うし、愛しいと思う」

「今は？」

「ああ。猛アタックされて折れたって感じだな。すぐに俺には飽きるだろうと思っていたらあっちが飽きる前に俺が惚れちまった。俺はお前の補佐になるし、将来は辺境伯になる予定だから嫁に来てもらわないとならない。少しばかり年下だから来年からこちらの学園に通うことになったんだ。俺の卒業と同時に一緒にこちらへ来るんだけど、俺と結婚するまでは王女扱いだから王宮から通うことになる。だから今日はフェリア嬢によろしく頼むとお願いしに来たんだよ」

あ然として聞いているイードルの肩をポンと軽く叩いた。

「イードルは無事に王太子になったし、来年にはフェリア嬢はここの住人になっているのだろう？」

イードルはハッとしてブンブンと首を縦に振る。

「俺だってさぁ。十年も実らぬ片思いはしないって。もう少し深く考えろ。先入観より客観視を優先しろ！　いいな？」

「わかった。フェリアとボイディスの話はちゃんと聞く。…………って！　ボイディスの話をちゃんと聞いたから悩んだのだろう？」

「だから浅慮だって。まあ、あれは王妃陛下の計略に敵うわけないけどなぁ」

イードルは母親である王妃陛下の憤怒の様子を思い出してゲンナリした。

ボイディスはその姿をカラカラと笑い飛ばす。

「というわけで、来年から俺も俺の婚約者もここにいるけど、よろしくなっ！」

「兄弟として一つ教えてやる。フェリア嬢がお前に茶会のことを無理しなくていいと言ったのは無理しても意味がないからではなく、無理をしなくてもお前がいればそれでいいって意味だと思うぞ」

二人は立ち上がって固く握手した。

「私こそ、苦労かけるがよろしく頼む」

頭の中でボイディスの言葉を反芻したイードルは真っ赤になってよろけた。

騎士に耳ありメイドに目あり。

今日も王妃陛下へ報告書が届けられる。

《了》

あとがき

多くの作品の中から私の本を手にとっていただきありがとうございます。
改めて、はじめまして。宇水涼麻（うみすずま）と申します。小説投稿サイト『小説家になろう』様内で開催された『第二回一二三書房WEB小説大賞』にて銀賞をいただき、このたび、書籍化並びにコミカライズをしていただけることになりました。この賞をいただくご連絡を受けた際には寝ている家族を叩き起こし大興奮で報告したほど、大変嬉しく大変光栄に感じています。興奮冷めやらぬ私に届いたイラストレーターSNC様のキャラクター原案のあまりの素敵さに自分のことではないような夢心地と本当に現実なのかとの怖気付きでふわふわな気持ちになりました。

私の執筆活動は、数年前のコロナ禍で家での時間が増え、文字中毒になるのではないかと思われるほどいろいろな作品を読み漁っていくうちに『私も書いてみたい』と憧れて書いたことが始まりです。小説執筆ルールも知らず、更に拙い文章で『小説家になろう』様への投稿をスタートしましたが、親切な読者様からご指導ご感想等を頂きながら毎日投稿し続け、こうして皆様に読んでいただけるような作品が書けるようになりました。読者様に育てていただいことをとても有り難く思っています。

この作品は煮えきらない婚約者同士が理解を深めて恋愛をしていく『恋愛小説』を目指して書き始

めたはずなのですが、気がつけば、母親たちからのお仕置きざまぁという『コメディ』になっていました。三人の男の子たちのキャラクターがそうさせてしまったのかもしれませんが、それほど個性のある三人を描けたことに喜びを感じております。そして、更に書籍化にあたり加筆修正をたくさん加えたことで、三人はよりいきいきとより面白くなったと思います。度重なる加筆修正にお付き合いいただいた担当様、ありがとうございます。

皆様は誰がお好みでしょうか？

初の書籍化でこの作品に多くの皆様が携わってくださっていることを知り、驚嘆と感謝の日々を過ごしております。制作に関わってくださった皆様、この本を読んでくださった読者様、『小説家になろう』様で読んでくださった読者様、応援してくださった皆様、本当にありがとうございます。

小説本の発行とともにコミカライズもスタートします。「コミックノヴァ」様にて連載がスタートいたします。そして、数カ月後にはコミカライズも書籍化という予定です。そちらも可愛らしいキャラクターたちが右往左往して頑張っていますので、楽しんでいただけると嬉しいです。

この作品で皆様が少しだけクスリと笑い穏やかな時間の一部となれましたら幸いです。

また皆様にお会いできますことを願って。

宇水涼麻

唯一無二の最強テイマー
～国の全てのギルドで門前払いされたから、
他国に行ってスローライフします～
原作：赤金武蔵　漫画：田村紘一
キャラクター原案：LLLthika
異世界還りのおっさんは
終末世界で無双する
原作：羽々音色　漫画：ダンタガワ
処刑された聖女は
死霊となって舞い戻る
原作：緒二葉　漫画：蚊
キャラクター原案：みなせなぎ

私を王子妃にしたいのならまずは貴方たちが淑女のお手本になってください

発　行
2023年7月14日　初版発行

著　者
宇水涼麻

発行人
山崎　篤

発行・発売
株式会社一二三書房
〒101-0003　東京都千代田区一ツ橋2-4-3 光文恒産ビル
03-3265-1881

印　刷
中央精版印刷株式会社

作品の感想、ファンレターをお待ちしております。
〒101-0003　東京都千代田区一ツ橋2-4-3 光文恒産ビル
株式会社一二三書房
宇水涼麻 先生／SNC 先生

Printed in Japan, ISBN 978-4-89199-978-0 C0093
※本書は小説投稿サイト「小説家になろう」（https://syosetu.com/）に
掲載された作品を加筆修正し書籍化したものです。